『失われた時を求めて』への招待

吉川一義
Kazuyoshi Yoshikawa

岩波新書
1884

はしがき

プルーストの『失われた時を求めて』は、百年前に出版された大長篇で（四百字詰原稿用紙換算で約一万枚）、今やフランス文学を代表する傑作とされる。そこには紅茶に浸したマドレーヌの味覚から過去がよみがえる挿話をはじめ、多彩な比喩を駆使した自然描写が出てくる。そこまで書くのかと溜め息が出るほどに穿《うが》った心理分析も見られる。ユダヤ人や同性愛者への差別という社会問題も描かれる。社交界で交わされる会話には諧謔《かいぎゃく》と皮肉があふれている。文学や絵画や音楽や演劇をめぐる深遠な芸術論にもこと欠かない。

プルーストの小説は、なにを、どのように語った作品なのか、この物語の勘所はどこにあるのか。こうした核心について筆者の考えを総合的にわかりやすく提示し、『失われた時を求めて』への「招待」とすること、それが本書の狙いである。

ただし本書は、各篇のあらすじを提示したり、主要登場人物のひとりひとりを紹介したりして長篇へといざなう概説の形をとらない。そのような梗概を掲げる入門書はすでに多く出版されているうえ、それらは今やインターネットで検索すれば容易に手にはいるからである。

タイトルの「招待」なる語は、読者を正解へと導かんとする不遜な意図から出たものではない。そうではなく、私自身が考えあぐねてきた疑問点を整理し、その解決策として私が本長篇の核心と信じるものへと読者をいざない、おおかたの批判を仰ごうとするのが真意である。

『失われた時を求めて』の読破を目指しながら挫折する人が多いのは、これが桁外れの長篇であるうえ、読みはじめたらやめられない波瀾万丈の物語ではないからだ。文章のリズムに乗ってじっくり読んでゆけば、きわめて面白い小説なのだが、もろもろの難関が待ちうけている。以下にその難関をかんたんに提示し、あわせて本書の構成のあらましを記しておく。

小説冒頭の「コンブレー」を開くと、夜のベッドに横たわる「私」なる人物の脳裏に去来する想念がえんえんと語られ、なにを言わんとしているのか判然としない。プルーストの小説はなぜこんな奇妙な場面からはじまるのだろう。そのあとしばらくすると有名なマドレーヌの挿話が出てくる。ふとした偶然のきっかけから過去がありありとよみがえる体験をした主人公は幸福感を味わい、自分が「死すべき存在だとは思えなくなった」という。これはなぜなのか。また『失われた時を求めて』では、回想のみならず現在の「印象」にも重要な役割が与えられ、その描写にはプルースト特有の大掛かりな比喩が駆使される。これをどう解釈すべきか。これらの疑問に解答を見出そうと試みるのが第3章である。

全篇にわたり克明に描かれているのは、恋愛の心理である。ユダヤ系ブルジョワであるスワンの娘ジルベルトにたいする少年の憧憬がほほえましく描かれる一方、第一篇第二部「スワンの恋」で強調されるのは「嫉妬」の苦しみである。嫉妬の地獄は主人公の同棲相手アルベルチーヌへの恋でも執拗にくり返される。これら恋愛心理の描写は、なにを目指したものなのか。作家はそこにいかなる人間認識をあらわしたのか。それを考えるのが第4章の課題である。

恋愛に見られるプルーストの人間認識をもっとも端的に示すのは「無数の自我」という概念である。第5章では、この無数の自我が恋愛の叙述にいかにあらわれているか、それ以外の日常生活や芸術家の人生にはどのように顕在化するかを考察し、それが記憶や時間の問題といかに関連しているかを検討したい。

『失われた時を求めて』には社会も描かれている。プルーストが社会を描写したのは、十九世紀末から二十世紀初頭のフランスにおいて大きな影響力をもっていた社交界を通じてである。本作の社交場面は、上流階級への憧れを描くと同時に、それを風刺、批判したものとするのが定説である。しかしプルーストの真の狙いがそこにあったのなら、それが消滅した現代において、社交界の描写を読む意義はどこにあるのだろう。ところが本作の意義はなんら減じていない。膨大な紙数を費やして上流貴族ゲルマント一族の社交シーンを描いた作家の真意はどこにあったのか、第6章ではそれを考えたい。

社会の描写といえば、プルースト自身が体験した同時代の大事件のうち、ドレフュス事件と第一次世界大戦だけは詳しく長篇のなかに取りこまれた。ところがこの二大事件は、いずれも直接に描写されることはなく、さまざまな登場人物が口にするうわさとして提示されるにすぎない。第7章では、それはなぜなのかを考え、そこにプルーストのいかなる社会認識が反映されているのかを考察する。

ところでプルーストの母親はユダヤ人であり、本人は同性愛者であった。しかるに小説の主人公「私」は異性愛者であり、その母親はユダヤ人ではない。おまけに『失われた時を求めて』には、ユダヤ人や同性愛者を揶揄していると受けとられかねない言辞があふれている。これはプルーストが自分に振りかかるユダヤの出自と同性愛の嫌疑をあらかじめ排除しておこうとする奸計だったのではないか、という疑念が提起されてきた。一見もっともな理屈であるが、はたしてそうなのか。これとも関連して、小説に描かれた「私」の娘たちへの恋は、プルーストが青年にいだいた恋心を女性へと振りかえたものにすぎない、という説もしばしば唱えられた。さらに、作中のジルベルトやアルベルチーヌらの女性像がぼやけて鮮明な輪郭を結ばないのもそれが原因で、結局プルーストには本物の女性を描くことができなかった、と主張する人もいる。第8章ではこれらの疑問にたいする私の考えを提示したい。

同性愛と関連して本作には「のぞき」の場面がいくつか出てくる。なかでも衝撃的なのは最終篇の男娼館においてベッドに縛られ鞭打たれるシャルリュス男爵のすがたであろう。この場面の意味するところを考えるには、これまた主人公がのぞき見る冒頭章におけるヴァントゥイユ嬢の同性愛シーンの検討が不可欠だと筆者は考えた。このふたりの「サドマゾヒズム」と小説の結論である芸術創造のテーマとの関連を考えるのが第9章の課題である。

最後の第10章では、本書の結論として、『失われた時を求めて』に出てくるさまざまな芸術家と芸術作品について、また最後に主人公が書こうとする長篇について考えたい。

これら第3章から第10章にわたる『失われた時を求めて』にかんする考察の前提として、第1章ではプルーストの生涯と作品の概要を示しておく。プルースト自身の人生についての詳細は、浩瀚な伝記や本書巻末の略年譜に譲り、ここでは『失われた時を求めて』のテーマと関連の深い、喘息、同性愛、ユダヤの出自、ドレフュス事件、社交界にしぼって、重要と思われる点にのみ言及する。作家の他の作品についても、『失われた時を求めて』との関連において重要だと筆者が判断した点にしぼって考察したい。

第1章に記したプルーストの生涯と、第3章以降であつかう『失われた時を求めて』をめぐる考察との橋渡しとして、第2章では主人公であり語り手でもある一人称の「私」がいかなる存在であるかを考察する。『ジャン・サントゥイユ』の主人公が三人称であるのに現実のプルースト自身に近く、『失われた時を求めて』の「私」がプルーストとはほど遠い存在であるのはなぜか。この疑問を出発点にして、本作の一人称の狙いがどこにあるかを考えたい。

本書を読むには、特殊な予備知識をなんら必要としない。『失われた時を求めて』を読んだことがなくてもなにが書かれているのかわかるように、小説の本文を引用し、それにかんする筆者の解釈を提示するときも、やみくもに断定するのではなく、小説の他の箇所やプルースト自身の評論や書簡などを引用して、その根拠を示すようにした。

本書の巻頭には「『失われた時を求めて』の構成」を示したうえで、主な登場人物と架空地名について五十音順のごく簡単なリストを掲げた。また巻末には、プルーストの略年譜とともに、小説中に語られるできごとを年代順に並べた年表(「『失われた時を求めて』年表」)を独自に作成し、見開きに配した。さらに巻末のパリの地図には、現実の地名だけではなく、主要登場人物の住まいもわかる範囲で示した。適宜参照して、本書の理解に役立てていただければ幸いである。なお引用は、断りのないかぎり拙訳による。

目　次

『失われた時を求めて』の構成（括弧内は、作品の舞台となる土地）

第一篇『スワン家のほうへ』
　第一部「コンブレー」（コンブレー）
　第二部「スワンの恋」（パリ）
　第三部「土地の名―名」（パリ）
第二篇『花咲く乙女たちのかげに』
　第一部「スワン夫人をめぐって」（パリ）
　第二部「土地の名―土地」（バルベック）
第三篇『ゲルマントのほう』「一」と「二」（パリ、ドンシエール）
第四篇『ソドムとゴモラ』「一」と「二」（パリ、バルベック）
第五篇『囚われの女』（『ソドムとゴモラ　三　第一部』）（パリ）
第六篇『消え去ったアルベルチーヌ』（『ソドムとゴモラ　三　第二部』）（パリ、ヴェネツィア）
第七篇『見出された時』（タンソンヴィル、パリ）

『失われた時を求めて』の主な登場人物と架空地名

主な登場人物

私 作家志望。スワンの娘ジルベルトに恋心をいだき、ゲルマント公爵夫人に憧れて社交界へ出入りする。恋人のアルベルチーヌと同居するが、恋人は失踪して死亡。大団円で念願の長篇にとりかかる。

〈「私」の家族〉

母と祖母 ともに教養豊かな優しい女性。『セヴィニエ夫人の手紙』を愛読する。

父 保守的な高級官僚。

レオニ叔母 「私」がコンブレーで休暇をすごす大叔母宅の娘。

アルジャンクール伯爵 ゲルマント公爵夫妻の親戚。ベルギー代理大使を務めた。

アルベルチーヌ バルベックの海辺で出会った娘。「私」の恋人となり同居。落馬事故で死ぬ。

ヴァントゥイユ コンブレー郊外のモンジュヴァンに住む元ピアノ教師、じつは大作曲家。

ヴァントゥイユ嬢 モンジュヴァンで女友だちと同性愛にふける。

ヴィルパリジ侯爵夫人 「私」の祖母の学友。サロンを主宰し、回想録を執筆。ノルポワの愛人。

ヴェルデュラン夫人　「スワンの恋」の舞台となったサロンの主宰者。ヴァントゥイユの音楽、ドレフュス再審、バレエ・リュスなどを支援。のちにゲルマント大公妃となる。

ヴォーグーベール　ノルポワと親しい外交官。臆病な同性愛者。

エルスチール　バルベックの海辺にアトリエを構える印象派の画家。

オデット　元粋筋《ココット》の女。スワン夫人。のちにフォルシュヴィル伯爵と再婚。

カンブルメール家　ノルマンディー地方の田舎貴族。

ゲルマント公爵（バザン）　ゲルマント家の当主。背の高い美男。多くの愛人をつくる。

ゲルマント公爵夫人（オリヤーヌ）　パリ社交界随一の貴婦人。

ゲルマント大公（ジルベール）　ゲルマント公爵の従兄弟《いとこ》。同性愛者。

ゲルマント大公妃（マリー）　シャルリュス男爵に想いを寄せる。

コタール　医者、のちに医学部教授。ヴェルデュラン夫人のサロンの常連。

サン＝ルー侯爵（ロベール）　ゲルマント家の貴公子。軍人。のちにジルベルトと結婚するが大戦で戦死。

シャテルロー公爵　ヴィルパリジ夫人の甥の息子。

シャルリュス男爵（パラメード）　ゲルマント公爵の弟。傲慢な大貴族。同性愛者。

ジュピアン　チョッキの仕立屋。シャルリュス男爵の愛人。大戦中には男娼館を経営。

『失われた時を求めて』の主な登場人物と架空地名

ジルベルト　スワンの娘。「私」の初恋の相手。のちにサン゠ルー侯爵と結婚。
スワン　ユダヤ系株式仲買人の息子。文学・芸術に通じる趣味人。
ノルポワ侯爵　元フランス大使。実利を重視する保守的な外交官。
パルム大公妃　パルム大公(パルマ公国の君主)の娘。ゲルマント公爵夫人の引き立て役。
フォルシュヴィル伯爵　オデットをめぐるスワンの恋敵。
フォワ大公　金持で美男の青年貴族。
フランソワーズ　レオニ叔母の、ついで「私」の家の女中。
ブリショ　ソルボンヌの倫理学教授。
ブロック　「私」の旧友。ユダヤ人。劇作家となる。
ベルゴット　「私」が青少年期に心酔した大作家。
ベルナール(ニッシム)　ユダヤ人。ブロックの大伯父。少年を愛する同性愛者。
マルサント夫人　サン゠ルーの母親。息子を大金持の娘と結婚させようとする。
モレル　美青年のヴァイオリン奏者。シャルリュス男爵が恋い焦がれる。

ラシェル　ユダヤ人。一時サン＝ルーの恋人。のちに大女優へのしあがる。
ラ・ベルマ　ラシーヌ『フェードル』を当たり役とする悲劇女優。
ルグランダン　コンブレーに別荘をもつ技師。スノッブ。少年を愛する。

主な架空地名

ヴィヴォンヌ川　コンブレー郊外、ゲルマントのほうの散歩道に沿う小川。
カルクチュイ港　画家エルスチールが描いたバルベック近郊の港。
ゲルマントのほう　コンブレー郊外、ゲルマントの城館に至る川沿いの散歩道。
コンブレー　「私」が少年時代に春の休暇をすごした田舎町。
タンソンヴィル　コンブレー郊外、スワンの別荘の所在地。最終篇でジルベルトが滞在。
ドンシエール　軍人サン＝ルーの駐屯地。「私」はそこにサン＝ルーを訪ねる。
バルベック　ノルマンディー・ブルターニュ地方の海辺の保養地。
マルタンヴィルの鐘塔　コンブレー郊外に見える鐘塔。
メゼグリーズのほう　コンブレー郊外、スワン家を経由する野原の散歩道。別名「スワン家のほう」。
モンジュヴァン　コンブレー郊外、ヴァントゥイユ家の所在地。「私」は偶然ヴァントゥイユ嬢の同性愛を目撃する。

第1章

プルーストの生涯と作品

マルセル・プルースト

1 プルーストの生涯

マルセル・プルーストは、一八七一年七月十日、パリ西部のオートゥイユ地区、ラ・フォンテーヌ通り九六番地所在の、母方の大叔父ルイ・ヴェイユの家で生まれた。父親のアドリアン(一八三四―一九〇三)(図1)は、パリ南西約百キロの田舎町イリエ(一九七一年以来イリエ＝コンブレー)の食料品店の息子。パリに出て医学を学び、のちにパリ大学医学部教授を務め、衛生学(とくにコレラ防疫)の権威となった。母親ジャンヌ(旧姓ヴェイユ)(図2)は裕福なユダヤ系株式仲買人の娘で、文学好きの教養豊かな女性。プルーストは、父親から実証と論理を重んじる科学的精神を受けつぎ、母親から繊細な芸術的感性を譲りうけたと考えられる。

一八七三年には弟ロベールが誕生。ふたりの兄弟(図3)は、マルセルが喘息の発作をおこすまで、頻繁にオートゥイユの叔父の家に滞在し、イリエでは父方のアミヨ伯母の家で休暇をすごした。オートゥイユとイリエは、『失われた時を求めて』のコンブレーのモデルとなった。ちなみにアミヨ伯母の家は「レオニ叔母の家」と称するプルースト記念館となり、世界中の愛

図2　母ジャンヌ

図1　父アドリアン

図3　マルセル(左)とロベール(1882年頃)

読者を糾合する「プルースト友の会」(一九四七年創立)の本部が置かれている。

以下、プルーストの生涯の詳細は巻末の略年譜やさまざまな伝記に譲り、作家の人生に重要な転機となったできごとにしぼって概要を記す。

喘息(学業と職業)

まず特記すべきは、九歳のとき、花粉アレルギーによると思われる喘息様の発作をおこしたことだろう。そのせいでこれ以降プルーストは、花粉の飛ぶ場所を避けたり学校を休んだりしたうえ、生涯にわたり「息詰まり」の発作に悩まされる(『失われた時を求めて』第四篇でも「私」の「息詰まり」が頻繁に話題になる)。一八九五年(二十四歳)には、ある図書館で司書見習の機会を与えられたが、休職をくり返し、結局は退職した。弟ロベールはのちに外科医となり、父親と同じくパリ大学医学部教授を務めたが、それと対照的にマルセルは、生涯定職に就くことはなく、親の遺産を主たる収入として暮らした。

とはいえプルーストを日常生活にも支障をきたすほどの病人だったとみなすのは間違いである。欠席が多かったものの、パリ右岸のコンドルセ高等中学校にてフランス語、ラテン語、歴史、理科などの科目で優秀な成績をとり、一八八八年の最終学年ではアルフォンス・ダルリュ

図4　兵役中のプルースト
(1889年)

教諭の哲学の授業に感銘を受けた。翌八九年には文学のバカロレア(中等教育修了証)を取得。病人ではない証拠に、この年の十一月から、みずから志願して、フランス中部の町オルレアンで一年間の兵役を務めた(図4)(入隊記録によると身長一六八センチ)。一八九三年に法学士号、一八九五年には文学士号を取得。社交界にも頻繁に出入りし、一九〇〇年にはヴェネツィアへ、一九〇二年にはベルギー、オランダにも出かけている。

同性愛

思春期のプルーストのセクシュアリティーがどのようなものであったか、その実態はよくわからない。一八八七年（十六歳）には、シャンゼリゼ公園へ出かけ、マリ・ド・ベナルダキ（図5）らと遊んだという。この三歳年下の娘についてプルーストは「非常にきれいで、ますます傍若無人になってきた」と書き（同年七月のアントワネット・フォール宛て書簡）、のちに「少年時代の陶酔と絶望の対象だった」と回想している（一九一八年四月のスーゾ大公妃宛て書簡）。この娘は、第一篇第三部「土地の名―名」においてシャンゼリゼ公園で出会うジルベルトの原型となる。

図5　マリ・ド・ベナルダキ

翌一八八八年、祖父に宛てた手紙によると、父親から費用を与えられ、「マスターベーションの悪癖を断つため」売春宿へ行かされたが「パニック状態でセックスができなかった」という（同年五月十七日のナテ・ヴェイユ宛て書簡）。この年には、高等中学校の級友たちと同人誌を創刊して短篇を書いた。同人仲間には、ダニエル・アレヴィ（図6）（オペラ『美しいエレーヌ』や『カルメン』の台本作者リュドヴィック・アレヴィの息子）や、ジャック・ビゼー（『カルメン』の作曲家ビゼーとジュヌヴィエーヴ・アレヴィとの息子で、ダニエルの従兄弟)や、ロベール・ドレフュス(のちに作家)らがいた。注目すべきは同じ年、そのダニエルとジャックに、プルーストが恋文を送っていたことだろう。

ジャックには「ほんとうに悲しいとき僕を慰めてくれるのはただひとつ、愛して、愛されることだ。しかもそれに応えてくれるのは、きみだけだ。〔…〕きみに接吻する。心から愛している」(同年五―六月頃の書簡)と書きおくり、ダニエルには、ジャックへの恋心を打ち明けたうえで、「願いはただひとつ、愛する人に接吻して、その膝の上に抱かれることだけで〔…〕けっして男色行為におよぶことはない。それでも、たいてい恋しい想いには勝てず、いっしょにマスターベーションする」(同年五月二十二日頃の書簡)と告白している。この手紙はふたりの顰蹙《ひんしゅく》を

図6　ダニエル・アレヴィ

図7　レーナルド・アーン

図8　リュシアン・ドーデ

買った。おそらくプルーストは、このころ自身の同性愛を自覚したのではないか。

のちに知り合った四歳年下の作曲家レーナルド・アーン(図7)(父親はハンブルクのユダヤ系家庭の出身)とは、実際に恋人としての肉体関係を結んだとされる。一八九五年九月にはふたりでブルターニュを旅行、ベグ＝メイユ海岸に滞在した。その後もプルーストは、つぎつぎとさまざまな青年に恋心を寄せたと言われている。ただし自分の同性愛を公に認めることはけっしてなく、一八九七年には、友人リュシアン・ドーデ(作家アルフォンス・ドーデの息子)(図8)との関係を揶揄した作家ジャン・ロランと決闘までした(双方無事)。

ユダヤの出自

さきにプルーストが恋心を打ち明けたジャック・ビゼーをはじめ、ダニエル・アレヴィ、ロベール・ドレフュスらのコンドルセ高等中学校の仲間との交友は卒業後もつづき、一八九二年三月には他のメンバーも加えて同人誌「バンケ」を創刊した(翌年三月までつづく)。興味ぶかいのは、ここに挙げた三人が、また恋人としたレーナルド・アーンが、いずれも十九世紀に東方からフランスに定着した同化ユダヤ人家系の出身であることだ。フランスでは一七九一年の政令と国王の承認を経て、国内のユダヤ人は宣誓をしてフランス国民となっていたのである。

ドイツで陶器商を営んでいたプルーストの母方の祖先ヴェイユ家も、そのころパリに出てきたユダヤ人家系に属する。プルーストの母方の大伯父にあたるアドルフ・クレミユは、一八四八年と一八七〇年に法務大臣を務め、祖父のナテ・ヴェイユ（第8章扉参照）は、株式仲買人として財をなした。その弟ルイ・ヴェイユは、特製ボタンの製造から事業を拡大した実業家で、多くの女優のために金をつぎこみ、オデットのモデルとして知られる粋筋《ココット》の女ロール・エーマン（図9）の情夫となった。

図9　ロール・エーマン

プルーストが自身のユダヤの出自をどのように考えていたかは、第8章で詳しく検討したい。

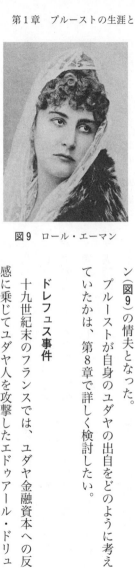

ドレフュス事件

十九世紀末のフランスでは、ユダヤ金融資本への反感に乗じてユダヤ人を攻撃したエドゥアール・ドリュモンのベストセラー『ユダヤ人のフランス』(一八八六)や、その好評を支えにドリュモンが発刊した日刊紙「リーブル・パロール」(一八九二―一九二四)が反ユダヤ主義の世論を煽っていた。一八九四年には、ユダヤ人陸軍大尉ドレフュスがスパイ容疑で逮捕されて有罪判決を受ける冤罪事件が勃発した。プルーストがユダヤの出自を強く自覚したのは、このドレフュス事件を契機に吹き荒れた反ユダヤ主義のせいと考えられる。

とくに一八九八年には、ドレフュス支持派と反ドレフュス派の対立が先鋭化し、フランスの国論を二分した。一月、作家エミール・ゾラはドレフュスの無罪を訴える抗議文「われ弾劾す」を発表、プルーストはドレフュス支持派として請願書への署名を集め、二月のゾラ裁判を熱心に傍聴した。『失われた時を求めて』にこのドレフュス事件がどのように描かれているかは、作家のユダヤ問題ともからめて、第7章と第8章で考察したい。

社交界

同性愛とユダヤ問題と並んでプルーストの生活を決定づけたのは、社交サロンである。十八世紀以来、貴族やブルジョワが時代の有力な政治家、外交官、実業家、芸術家らを集めて開いたサロンは、十九世紀末にも社会の趨勢に大きな影響を与えていた。

図10　ストロース夫人(中央手前), ドガ(中央奥), アース(左端)

プルーストは一八八九年、まずストロース夫人のサロンに出入りした。夫人はオペラ『ユダヤ女』の作曲家フロマンタル・アレヴィの娘ジュヌヴィエーヴで、作曲家ビゼーと結婚したが、この『カルメン』の作者の急逝後、ストロース弁護士と再婚していた。プルーストは、夫人の息子ジャックの学友だった縁で招かれた。小説中のゲルマント公爵夫人の駄洒落や毒舌には、アレヴィ家の伝統を継ぐストロース夫人の才気が反映しているとされる。作家が、スワンのモデルとされる同化ユダヤ人シャルル・アースに出会ったのも、夫人のサロンである。サロンの常連だったアースや画家ドガらが夫人を囲んだ写真が残っている(図10)。

同じ年には、作家アナトール・フランスの愛作中人、アルマン・ド・カイヤヴェ夫人の文学サロンにも出入りしはじめた。このサロンは、作中の医師コタールを想わせるポッジ博士や、ブリショを想わせるソルボンヌのプロシャール教授らが常連だった点で、ヴェルデュラン夫人のサロンにヒントを与えたとされる。とはいえヴェルデュラン夫人のサロンに主たるモデルを提供したのは、花の画家マドレーヌ・ルメール(図11)である。夫人が「女主人《パトロンヌ》」と呼ばれていた点、貴族を「退屈な連中」とこきおろしていた点、好んで音楽を演奏させた点など、両者の共通点は多い。そのサロンでプルーストは、恋人となるレーナルド・アーンと知り合い、一八九三年にはシャルリュス男爵のモデルのひとりロ

図11 マドレーヌ・ルメール

図12 ロベール・ド・モンテスキウ伯爵(ボルディーニ画)

ベール・ド・モンテスキウ伯爵（図12）に紹介された。ただし男爵の太鼓腹には、べつのドアザン男爵の体型が借用されたといわれる。

同じく一八九三年には、「ポリネシアふうに優雅に」髪を結い、「薄紫色《モーヴ》のランの花をうなじにまで垂らした」グレフュール伯爵夫人（図13）を見かけて魅了された。モンテスキウ伯爵の従姉妹で、評判の美人である。パリ社交界に君臨したこと、夫から顧みられなかったことから、ゲルマント公爵夫人のモデルとされるが、一九〇九年からパリで公演したバレエ・リュス（ロシア・バレエ団）など音楽のメセナであった点は、ヴェルデュラン夫人の特徴となる。また作中で頻繁に「鳥のくちばし」にたとえられるゲルマント家特有の鼻は、シュヴィニエ伯爵夫人（図14）から借用したとされる。

図13　グレフュール伯爵夫人

プルーストが「コンブレーの教会」を創るために「記憶の底から、たくさんの教会を「モデル」として呼び出した」（一九一八年四月のラクルテル宛て書簡）と書いているように、一般に『失われた時を求めて』の登場人物は、複数のモデルを組みあわせて造型されたものである。

プルーストは、生涯にわたり社交生活を捨てることはなかった。第一次大戦後の最晩年でも、バレエ・リュスの公演を鑑賞するためオペラ座に出かけ、リッツ・ホテルでスーゾ大公妃と頻繁に食事をした。晩年の作家は自宅に籠もってコルク張りの一室で『失われた時を求めて』の執筆に専念したというのは、後世がつくりあげた神話にほかならない。

図14　シュヴィニエ伯爵夫人

以上、喘息、同性愛、ユダヤ、社交界というプルーストの生涯を特徴づける重要な要素を概観した。そのうえで『失われた時を求めて』へと至る作家の文学上の歩みをふり返ることにしたい。ほかに類を見ない独創的な大作は、無からあらわれ出たわけではなく、長年にわたる試行錯誤から生まれたからである。

2　初期作品――『楽しみと日々』、『ジャン・サントゥイユ』、ラスキン翻訳

文集『楽しみと日々』

プルーストは一八九六年、同人誌に発表した短篇や詩を集めて文集『楽しみと日々』を自費出版した。アナトール・フランスの序文が付され、限定五十部の豪華版には、ルメール夫人の水彩画、アーンのピアノ曲の楽譜が収められた。普及版は千五百部印刷されたが、二十二年間に売れたのはわずか三百二十九部だったという。

『楽しみと日々』には、のちの大作家の繊細な感受性の片鱗が随所にうかがわれる。また『失われた時を求めて』のさまざまな主題の萌芽も認められる。すでに母親のお寝《やす》みのキスや、官能の歓びと罪の意識が描かれている(「若い娘の告白」)。いかにもプルーストらしい詩的な印象や夢想も頻出する(「悔恨、ときどきに色を変える夢想」)。社交界の悲喜劇も早くも浮き彫りにされている(「ヴィオラントあるいは社交生活」や「イタリア喜劇断章」)。のちの大作で大きく展開する恋愛の虚妄も執拗に語られる(「ド・ブレーヴ夫人の憂鬱な別荘生活」「晩餐会」「嫉妬の果て」など)。同性愛のテーマも、女性の主人公に仮託して描かれている(「若い娘の告白」など)。アーンの楽譜を付した「画家と音楽家の肖像」には、プルーストの絵画と音楽への深い関心が見てとれる。さらに作家がのちに重視する文体模写《パスティッシュ》もすでに実践されている(フロベールの『ブヴァールとペキュシェ』に想をえた「ブヴァールとペキュシェの社交趣味と音楽マニア」)。

しかしプルーストの作であることを度外視して文集をそれ自体として評価するなら、まだそこに大作家の深い洞察を認めることはむずかしい。プルーストは一九一二年、『スワン家のほうへ』のタイプ原稿を数多くの出版社へ送ったが、つぎつぎと出版を断られた。社交界の軽薄な作家とみなされて原稿をまともに読んでもらえなかったのには、『楽しみと日々』がそれまで唯一の創作集だったことも災いしたと言われている。

未完の長篇『ジャン・サントゥイユ』

プルーストは『楽しみと日々』刊行の目処がついた一八九五年から、ジャン・サントゥイユを主人公とする長篇にとりかかった。約五年の歳月を費やして『失われた時を求めて』のおよそ三分の一に相当する量の原稿を書きためたが、一八九九年十二月には、自分は「残骸を寄せ集めているのではないか」(マリ・ノードリンガー宛て書簡)との疑念にとらわれ、そのころ最終的に完成をあきらめたようである。未完の原稿は、プルーストの死後、遺産相続人のマント＝プルースト夫人(弟ロベールの娘シュジー)宅で『失われた時を求めて』の原稿を調べていたベルナール・ド・ファロワによって発見され、一九五二年、『ジャン・サントゥイユ』のタイトルを付して出版された。

この初期作品は、『失われた時を求めて』誕生の経緯をまるでネガのように照射してくれる貴重な資料である。というのもこの未完の長篇には、のちの大作を構成する素材がほぼ出揃っているにもかかわらず、それがばらばらの断章にとどまっているからだ。ここには、田舎町における少年期の春の休暇をはじめ、シャンゼリゼ公園で遊んだ娘の想い出、ブルターニュ海岸での滞在、さまざまな社交サロン、ドレフュス事件など、大長篇の第一稿とみなすことのできる主題がすでに描かれている。のちにマドレーヌの挿話で有名になる「無意志的記憶」の現象もすでに描かれているが、それを諸断章の統合原理とする構想は見られない点が、『失われた時を求めて』とは決定的に異なる。

またジャンを主人公とした三人称小説であるにもかかわらず、語られるジャンの経験はむしろプルーストの実体験に近い。作中の田舎町にはイリエ、ブルターニュ海岸にはベグ＝メイユというプルーストがすごした土地の実名が残存している。のちの長篇には描かれない主人公の学校生活も、名称こそアンリ四世中学校とブーリエ教諭へ変更されているものの、プルーストが学んだコンドルセ高等中学校とダルリュ教諭の想い出にほかならない。駐屯地の描写も、オルレアンにおけるプルースト自身の兵役の体験にかなり忠実であり、ドレフュス事件についても、みずから経験したゾラ裁判の傍聴などが実録ふうに描かれている。

これをネガと見るなら、それを裏返すことによって『失われた時を求めて』は成立するだろう。つまり自身の体験に基づく同じ素材を出発点としながらも、物語のなかに実体験にこだわらない虚構を導入し、三人称ではなく一人称の「私」を作家志望の主人公かつ語り手として設定し、無意志的記憶現象をさまざまな挿話の統合原理とする構想である。それを可能にしたのは、つぎに検討する芸術論、とりわけ評論『サント＝ブーヴに反論する』である。

世紀末の芸術論

『ジャン・サントゥイユ』には欠落していると感じられ、のちの大作で際立つのは、独創的な芸術にかんする考察である。これをプルーストは十九世紀末、シャルダンやモローやレンブラントなどの絵画をめぐって深めていた。

一八九五年十一月、アーンとルーヴル美術館で十八世紀の画家シャルダンの絵画を鑑賞して執筆した「シャルダンとレンブラント」(没後に刊行)では、とりわけシャルダンの「静物画に秘められた生命」に注目し、「ナシが女性と同じように生きていること、卑俗な陶器が宝石と同じように美しい」ことを示したうえで、美は「対象のうちにあるのではなく、それを見つめるまなざしのほうに存在する」と喝破した。

一八九八年における画家モローの逝去を機に書かれた「ギュスターヴ・モローの神秘的世界

について の覚書」(一八九九年前後執筆)では、画家の内部において、「夕食をとったり、友人を招いたり、眠ったりしたいと思う」日常の自我はすでに消滅していて、作品を生みだす「内的な魂」だけが生存していると指摘した。これはすでに、芸術家における日常の自我の死滅と深層の自我の生起という、このあと『サント゠ブーヴに反論する』や『失われた時を求めて』で展開される芸術観にほかならない。

一八九八年十月、プルーストはアムステルダムまで出かけ、最初の国際的回顧展として企画されたレンブラント展を鑑賞、断章「レンブラント」を書いた(一八九八―一九〇〇頃)。これはレンブラント展とルーヴル美術館で鑑賞できた対をなすレンブラントの画に見出される共通の主題を取り出し、そこに画家の精神の「エッセンス」を見出そうとした文章である。この「エッセンス」は、モロー論で言及された「内的な魂」と同義であり、抽出された芸術家の精髄と考えるべきものである。

さらにプルーストは、世紀末から愛読していたイギリスの思想家ジョン・ラスキンの一九〇〇年一月の逝去後、一連の追悼文を執筆して新聞雑誌に寄稿した。そのなかで作家は「天才が不朽の作品を生みだすことができるのは、作品を死すべき人間である自分自身に似せてつくるのではなく、おのれのうちにある人類の典型に似せてつくるからにほかならない。〔…〕人が死ぬと、その思想は人類の手にもどり、人類を教え導く」と指摘した。芸術家の死後もその「内的な魂」が作品のなかに「人類の典型」として生きつづけるという芸術観は、このあと『失われた時を求めて』を貫くことになる。大長篇の根幹をなす芸術観は、世紀末にモロー、レンブラント、ラスキンらを受容して考察を深めたプルーストの脳裏にやどったのである。

ラスキン翻訳

ラスキンは、『近代画家論』でターナーを擁護し、『建築の七灯』『アミアンの聖書』『ヴェネツィアの石』などでゴシック建築を称揚したうえで、ジョットに始まるイタリア絵画史を研究し、倫理や教育などの社会問題においても芸術の価値を認めようとした。プルーストは、世紀末にフランスで出版されたラスキンの抜粋や翻訳をむさぼるように読み、ラスキンの受容を通じて自己の芸術観を深化させていた。そして一九〇〇年五月、母親とヴェネツィアに滞在、のちに翻訳を手伝ってくれるマリ・ノードリンガー(アーンの従姉妹)とともに、ラスキンの著作を手にゴシックの教会や館(パラッツォ)、絵画などを見てまわった。

さらにプルーストは母親とマリから翻訳の助力を得て、ラスキンがアミアン大聖堂の彫刻群を論じた『アミアンの聖書』の翻訳(一九〇四)と、ラスキンの読書論である『胡麻と百合』の翻訳（一九〇六）にそれぞれ詳しい注解を付して刊行した。ラスキン翻訳は、のちの長篇からすれば回り道のように見えるが、それが作家にもたらした恩恵は計り知れないものがある。ゴシック建築への深い関心は、中世教会建築の専門家エミール・マールの著作『十三世紀フランスの宗教美術』（一八九八）とともに、大作における多くの教会やヴェネツィアの町の描写に役立った。また『ラスキン全集』に収められた彫刻や絵画の図版は、作中に具体的美術品を描写する際に貴重な参考資料となった。さらに言えば、ラスキンの脱線の多い英語の文章に親しんだことは、『失われた時を求めて』特有の長文の形成に大きく寄与したと推定される。

3　『サント＝ブーヴに反論する』から『失われた時を求めて』へ

ラスキン翻訳の時期、プルーストは一九〇三年に父親を、一九〇五年に母親を失った。とりわけ母の死には悲嘆に暮れ、パリ郊外のサナトリウムにふた月ほど入院した。一九〇六年十二月、プルーストはマリ・ノードリンガーにこう書いている。「お母さんが奨励してくれた翻訳の時期は永久に閉じることにします。私自身の翻訳のほうは、もう勇気が出ません」

ラスキンの翻訳・注解という一種の批評活動は、『ジャン・サントゥイユ』という小説の試みの挫折ゆえに始められた仕事だった。それを「閉じること」にした作家が、「もう勇気が出ません」と告白した「自身の翻訳」、つまり自己を語るための小説にふたたび筆を染めるには、一九〇七年秋頃から一九〇八年秋頃までを待たねばならなかった。この期間に執筆された「七十五枚の草稿」がそれである(二〇二一年春、その解読版『七十五枚の草稿』がフランスで出版された)。そこには田舎町における「お寝みのキス」や、「ヴィルボンのほうとメゼグリーズのほう」というふたつの散歩道、海辺のリゾートホテルの客たち、海辺にあらわれた乙女たち、亡き母親の突然のよみがえり、高貴な名への夢想、ヴェネツィア滞在など、『失われた時を求めて』の原型と考えられるいくつかの重要な挿話が記されていた。主人公の家族として、母親に「ジャンヌ」、兄弟に「マルセル」と「ロベール」という実名が出てきたり、ふたつの散歩コースがイリエの現実の地理に即するものであったり、この草稿には自伝的要素が色濃く残存していて、それだけに読者の心を揺さぶるものがある。この草稿から、のちの大作と同様、主人公に「私」という一人称が採用されたことも注目に値する。またこの草稿では、ひとつひとつの文がきわめて長く複雑化して、プルースト特有の文体が形成されつつあったこともわかる。

これと同時期、一九〇八年二月と三月には、バルザック、ゴンクール、ミシュレ、ファゲ、フロベール、サント＝ブーヴ、ルナンという十九世紀作家たちの文体模写《パスティッシュ》をつくって「フィガロ」紙に発表した。これは各作家の文体を誇張して客観化する試みで、プルーストはこれを「実践的文芸批評」(一九〇八年のフランシス・シュヴァシュ宛て書簡)と呼んだ。文体模写とは、その作家をめぐる創作と批評の総合だからである。この文体模写の手法から、最終篇『見出された時』におけるゴンクールの擬似日記をはじめ、作中人物たちの会話など、さまざまな文体を使いわける手法が生みだされた。

かくして作家は、理想とする「自身の翻訳」をなかなか見出せないまま、創作と批評のあいだを揺れうごいていたが、その試行錯誤がじつは『失われた時を求めて』への道を切りひらく。その契機となったのが、物語体評論というべき『サント＝ブーヴに反論する』であった。

『サント＝ブーヴに反論する』

一九〇八年十一月頃プルーストは、書きためた七十五枚の小説草稿などを中断し、十九世紀の批評家サント＝ブーヴの方法に反駁する評論にとりかかった。サント＝ブーヴは、作家の「人と作品」を不可分の一体とみなす近代文芸批評の創始者として知られる。その方法は、世紀の転換点にはテーヌやランソンらの文学史家にひき継がれ、当時から現在まで文学を論じる正統な方法とされてきた。プルーストはこの方法を批判し、「一冊の書物は、私たちがふだんの習慣、交際、さまざまな癖などに露呈させているものとははっきり違った、もうひとつの自我の所産だ」と主張、作家の日常の自我と創作の自我とのあいだには深い隔絶があると指摘した。この生前未刊の評論は、作者の死後数十年を経た一九五四年に前述のベルナール・ド・ファロワによって発掘・刊行された。そして「作者の死」を宣言して文学作品のテクスト自体の読解を金科玉条としたロラン・バルトら、一九六〇年代に隆盛をきわめた新しい批評(ヌーヴェル・クリティック)の旗手から先駆的論文として賞讃され、一躍、脚光を浴びた。

この評論執筆は、プルーストがまたしても念願の創作から撤退し、次善の評論活動へと逃避したように見える。ところが『サント゠ブーヴに反論する』は、たんなる評論ではなかった。プルーストはそこに小説断章をも組みこむ構想をいだいていたのだ。一九〇八年十二月、友人の詩人ノアイユ夫人に、作家はこう逡巡を打ち明けている。「頭のなかに二通りの違った形で出来あがっているのです〔…〕。最初のは古典的な評論ですが、テーヌの評論にははるか及びません(ただし内容は斬新だと思います)。二番目のは、朝の目覚めの物語から始まります。お母さんが私に会いにベッドのかたわらにやって来ると、サント゠ブーヴをめぐる論文を構想していることを話し、それを聞いてもらいながら発展させてゆく、というものです」

実際、『サント゠ブーヴに反論する』を構成する断章は、この二通りの形式で執筆された。

総論にあたる「サント＝ブーヴの方法」をはじめ「ジェラール・ド・ネルヴァル」や「フロベール論に書き加えること」などの断章が伝統的な評論形式を採っているのにたいして、「サント＝ブーヴとボードレール」や「サント＝ブーヴとバルザック」では、さきの構想にあるとおり随所に「お母さん」（原文は二人称親称のtu）への呼びかけが出てくる。これ以外にも『サント＝ブーヴに反論する』には、『失われた時を求めて』の冒頭と同様の夜中の回想や、ゲルマント一族の原型とおぼしい「「ガルマント氏のバルザック」に書き加えること」など、「七十五枚の草稿」や同時期の草稿帳に執筆された多くの小説断章も含まれていた。

そうした構想を証拠立てるプルーストの貴重な手紙を引用しよう。

私は一冊の書物を書き終えようとしているところです。かりに『サント＝ブーヴに反論する。ある朝の想い出』と題していますが、正真正銘の小説で、きわめて淫らな部分さえある小説です。主要登場人物のひとりが同性愛の男なのです。〔…〕サント＝ブーヴの名は偶然に出てくるのではありません。この書物は、まさしくサント＝ブーヴと美学にかんする長い会話で終わっていて（言ってみれば、ちょうど「シルヴィ」が「民謡」にかんする考察で終わるように）、読み終えたとき読者が了解するのは（そうあってほしいものですが)、小説全体がこの最後の部分——いわば最後に置かれた序文のごときもの——で語られる芸術諸原理を作品化したものにほかならないということです(一九〇九年八月、「メルキュール・ド・フランス」誌編集長アルフレッド・ヴァレット宛て書簡)。

この記述を信じるなら、作家が構想した『サント゠ブーヴに反論する』は、前半の小説部分と、後半の「サント゠ブーヴと美学にかんする長い会話」から構成されるはずであった。さらに重要なのは、「小説全体」が最後で語られる「芸術諸原理を作品化したもの」という指摘であろう。事実、前半の物語に配置された夜中の回想の理論的根拠は、後半のネルヴァルの「シルヴィ」論における無意志的記憶によって説明される。またゲルマント家の愛読者たちを描いた断章も、巻末のバルザック論における『人間喜劇』をめぐる社交と文体によって理論的に解明されるのである。

以上をまとめるなら、物語体で書かれた『サント゠ブーヴに反論する』とは、主人公の「私」が自己の生涯を回想したあと、最後にその体験を踏まえてサント゠ブーヴ批判を書く決意をする物語である。この「私」が最後に書くのが、サント゠ブーヴ批判ではなく、「私」自身の生涯を素材とする小説になれば、それはもう『失われた時を求めて』ではないか。

事実、事態はそのように進行した。一九〇九年から一九一〇年にかけて、プルーストが書き継いでいた多数の草稿帳のなかで、前半の小説部分はどんどん膨張し、末尾のサント゠ブーヴ論は砂に浸みる水のように消えていった。『ジャン・サントゥイユ』の放棄からラスキンの翻訳と注解へ、さらに翻訳の放棄から七十五枚の草稿へ、プルーストの試行錯誤はつねに小説と評論のあいだを揺れうごいていた。小説と批評をめぐるプルーストの逡巡は、試行錯誤の果てに両者を総合する形で『失われた時を求めて』の誕生へと結びついたと言えよう。みずからの根拠を示す小説としての『失われた時を求めて』は、このように成立したのである。

かくして進むべき道が決まった以上、一九〇九年から始まった『失われた時を求めて』の執筆は、プルーストの死の一九二二年まで止むことはない。草稿帳に加えた訂正や加筆のせいで余白がなくなると、作家は新たなノートに清書し、さらに訂正を加える。ある程度まとまると清書バージョンをつくり、それをもとにタイプ原稿を作成させ、そこへさらに膨大な加筆訂正をほどこし、各巻ごとに数度にわたる校正刷におびただしい量の手を入れた。『失われた時を求めて』の各篇はそのようにして出版されたのである。第五篇『囚われの女』からは、残されたタイプ原稿や自筆原稿に基づく死後出版であるが、プルーストは第一次大戦中に小説後半部の清書原稿を作成し、その末尾に「完 Fin」の文字を書きつけていた(第10章扉参照)。

一九一三年から一九一四年にかけては、運転士兼秘書として雇い自宅に住まわせていたアルフレッド・アゴスチネリ(図15)の出奔と事故死がおこった。プルーストが愛していた(プラトニックな愛情だったのかもしれない)青年の死は、作中のアルベルチーヌ物語を大きく膨らませることになる。また一九一四年に勃発した第一次大戦は、リアルタイムで小説のなかに書きこまれた。

その後もプルーストの人生には多くの事件がおこったが、詳細はすべて巻末の略年譜に譲り、このあと『失われた時を求めて』そのものを詳しく検討することにしたい。

図15　アルフレッド・アゴスチネリ

第2章

作中の「私」とプルースト

―一人称小説の狙い―

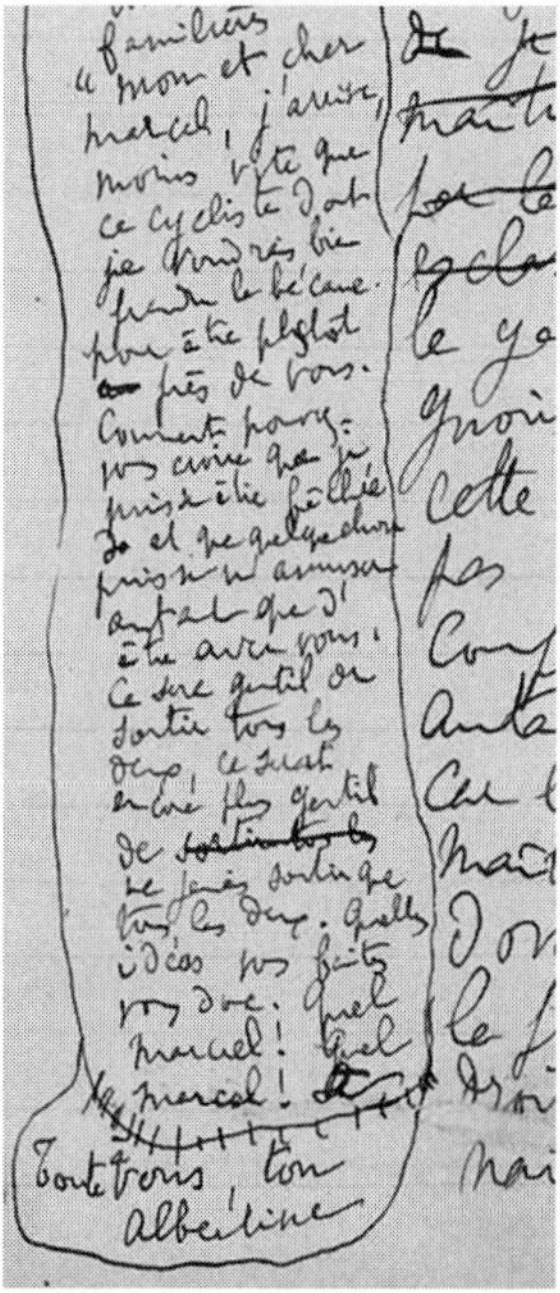

原稿左欄外の「マルセル」の加筆(© BnF)

初期の長篇小説では、ジャンという三人称の主人公が設定されていたが、プルーストの実体験に即した叙述が少なくなかった。ところが『失われた時を求めて』では、「私」という一人称の主人公を登場させたにもかかわらず、「私」の行動は、かえって作者の実体験からかけ離れ、創作の度合いが格段に増大した。フィクションとしての一人称小説の狙いはどこにあったのだろう。

1 『失われた時を求めて』の「私」はプルーストなのか

『失われた時を求めて』の主人公「私」は、架空の存在であるが、名前は与えられていない。多くの読者は、この「私」をしばしばプルースト自身と重ねあわせる。十九世紀末から二十世紀初頭のパリで裕福に暮らし、社交界へ出入りし、ドレフュス事件や第一次世界大戦を体験した「私」の生涯は、時代背景にかんするかぎり、プルースト自身の生涯と一致する。そればかりか病弱であり、繊細な感受性を備え、作家を目指している点でも、「私」はプルーストに似ている。作中でくり広げられる文学や芸術をめぐる「私」の見解もまた、作家自身が書簡をはじめ、芸術論や『サント＝ブーヴに反論する』などで開陳した理論と重なりあう。

それゆえ「私」が作家たらんとするこの物語には、プルースト自身の人生の歩みが投影されていると考えるのも当然であろう。本作が「フィクションではなく創造的自叙伝」（ペインター『マルセル・プルースト——伝記』岩崎力訳）だとみなされる所以である。とはいえ作中の「私」が多くの点でプルースト本人とは異なる点を忘れてはならない。

旧稿の「私」のほうがプルーストに近い

『失われた時を求めて』のごく初期の一部草稿では、主人公の「私」にマルセルの名が与えられていた。「私」が「フィガロ」紙に掲載された自分の文章を読む場面の最初期の草稿では、掲載文の末尾に「マルセル・プルースト」という署名が記されていた。また「私」には、現実のプルーストと同様「ロベール」という名の弟が存在した（ともに一九〇八年頃の「七十五枚の草稿」および草稿帳「カイエ２」）。ところがその後ほどなく弟は原稿からすがたを消し、「私」は実名を喪失し、原則として無名の存在となった。

小説の第一章「コンブレー」には「メゼグリーズのほう」（別名「スワン家のほう」）と「ゲル

マントのほう」というふたつの散歩道が出てくる。前者が雨のよく降る平野、後者は晴天下の川沿い、という対照的な風景を特色とする。おまけに散歩道の方向が正反対なので、一日に両方をまわるのは不可能とされる。このふたつの散歩道は、スワン家に代表されるブルジョワ階級とゲルマント家を頂点とする貴族階級とが水と油のように相容れないことを象徴する地理として「コンブレー」に導入されたフィクションである。というのも初期の草稿(一九〇八年頃の「七十五枚の草稿」と一九〇九年執筆の「カイエ4」)では、ふたつの散歩道はモデルとなった現実のイリエ郊外の地理にきわめて近いもので、両者の方向も正反対ではなかったからだ。

要するに『失われた時を求めて』に語られた「私」の体験は、プルースト自身のそれを必ずしも踏襲せず、作品構成上の論理に従ってつくりあげられたフィクションなのである。

「私」はユダヤ人でも同性愛者でもない

さらに作中の「私」が実作者と根本的に異なるのは、プルーストの人生に重大な影響を及ぼしたユダヤと同性愛というふたつの要素が消失していることである。プルーストの母親はユダヤ人家系の出であり、あとで見るようにプルースト自身もこの出自を強く自覚していたが、「私」の母親はユダヤ人として設定されておらず、当然「私」もそうではない。

またプルースト本人は同性愛者であったが、作中の「私」はそうではない。「私」が恋い焦がれる相手は、スワンの娘ジルベルトをはじめ、ゲルマント公爵夫人や、海辺のリゾート地で出会った「花咲く乙女たち」など、女性にかぎられる。「私」は第五篇『囚われの女』では「花咲く乙女たち」のひとりアルベルチーヌと同棲する。どう見ても「私」は紛れもない異性愛者なのである。

プルーストは作中の「私」を、なぜ自分と同様のユダヤの血をひく同性愛者としなかったのだろう。この重要な問題については、第8章で詳しく検討する。

「私」は創作上の怠け者

本長篇の「私」は、文学の創作を志していながら、執筆をつねに日延べする意志薄弱な男として描かれている。少年時代にコンブレー郊外のマルタンヴィルの鐘塔を描写した一文を草したことを除くと、「私」は無為の日々を恋愛と社交に費やす。おのが人生を素材にしてある長い物語を書く決意をするのは、ようやく最終篇の『見出された時』においてである。これとて「私」は怠け癖からの脱却を心に誓うだけで、結局、目指した文学は作中では実現されない。

ところがプルースト自身は、前章で見たように若いときから勤勉な書き手であった。高等中学校時代からの同人誌への寄稿、その『楽しみと日々』への結実、五年にわたる『ジャン・サントゥイユ』の執筆、詳細な注解をほどこしたラスキン翻訳、『サント＝ブーヴに反論する』の試み、そして一九二二年の死の瞬間まで途切れることのなかった『失われた時を求めて』の執筆と改稿と校正、すべてはプルーストが勉励の作家であったことを示している。

にもかかわらず、作中の「私」の生涯がおそらく作家の実人生へ再投影された結果であろう、プルーストといえば人生の晩年にようやく恋愛や社交に終止符を打ち、コルクを張りめぐらした自室に籠もって『失われた時を求めて』を執筆した作家として紹介されることが多い。これこそプルーストの神話化でなくてなんであろう。文学を志望する「私」の無為の生涯は、最終篇の執筆決意をドラマティックにするためのフィクションなのである。

2　主人公の「私」はなぜ影の薄い人間なのか

そもそも作中の「私」は、名前を持たず、体型や風貌も定かではない。特徴を欠いた、はなはだ影の薄い存在である。おまけに小説を手にとった読者が最初に出会うのは、母親にしつこくお寝《やす》みのキスをせがむ、いわゆるマザコン少年だ。母親を呼び寄せるために「重大な用件があり、手紙では言えないのであがってきてほしい」と伝言をしたためる(①七五。丸数字は岩波文庫版『失われた時を求めて』の巻数、その下の数字は頁数、以下同)。このように「私」は、困ったときにはたわいもない策を弄し、のちの恋愛ではしばしば身勝手な振る舞いに出る。

信頼できぬ「私」

窮地に陥ると嘘をつく「私」の癖は長じても変わらず、その傾向はとくに恋愛においてエスカレートする。同居していたアルベルチーヌが出奔したとき、「私」はこの恋人との結婚のために莫大な借金をしたという話をでっちあげ、旧友のサン＝ルーに「友人は、もしアルベルチーヌさんと結婚しないのならこの三万フランを返却せざるをえません」(⑫六七)と虚偽の口添えを頼む。サン＝ルーの奔走が頓挫すると、今度は本人に「いっしょに暮らしてずっと幸せになれるかもしれない妻を、アンドレに見出すことになる」(⑫一二五)と、これまた相手の心を動かすため、ありもしないことを書き送る。一事が万事この調子で、『失われた時を求めて』における「私」の虚言を集めれば膨大な量になるだろう。

恋人をひきとめるためなら臆面もなく嘘をつくが、恋人を手に入れると無関心になる。第三篇『ゲルマントのほう』ではじめてアルベルチーヌをものにした「私」は、後日訪ねてきた恋人にもはや心を惹かれず、新たな欲望の対象となったステルマリア夫人と共にする夕食の注文まで手伝わせる（⑦一〇六–〇七）。ところが第四篇『ソドムとゴモラ』の末尾では、「私」は恋人を同性愛の相手から引き離そうとして「どうしてもアルベルチーヌと結婚しなければならないんだ」（⑨六一四）と叫ぶに至る。だがその舌の根も乾かぬうちに、ふたりで同居を始めたとたん「いっしょにいても退屈するだけで、もはや愛していない」（⑩二七）と言いだす。

第六篇でアルベルチーヌに捨てられた直後など、「私」は淋しさを紛らわせるために、たまたま見かけた「ひとりの貧しい少女」を自宅へ連れこみ、「しばらく膝にのせてあやした」（⑫四九）という。これは誘拐ではないか、とだれしも愕然とする。実際、少女の両親から「未成年者誘拐のかど」で訴えられ、「私」は警察署に出頭する（⑫七一–七二）。

なぜ「私」は情けない人間なのか

無為の人に見える「私」は、他方で繊細な感受性を発揮して周囲の風物や人間を観察し、サン＝ルーの親友となり、シャルリュスから好意を寄せられ、いつのまにかゲルマント社交界に出入りする。持ち前の芸術的センスから周囲に一目置かれる存在であることは否定できない。

にもかかわらず「私」は意志が弱く、苦境から脱するためには嘘もつく。恋人には不実で、未成年者誘拐のかどで訴えられもする。もちろん危機的状況ではプルースト自身も、多くの人間と同様、弱点を露わにすることがあった。とはいえ親交を結んだ友人たちの証言や、残された膨大な書簡から判断するかぎり、本人はそこまで不実な人間ではない。むしろ友情に篤い男であったと推測されるし、儀礼的な嘘はついても、作中の「私」が恋人に発するような虚言を弄していたとは考えにくい。少女を誘拐するような罪を犯したこともないはずである。

なぜプルーストは、これほど意志薄弱な情けない人間を主人公としたのか。人間の欠点がいかに多様で不治であるかを数頁にわたって書きつらね(④二二五–二二〇)、技師ルグランダンのスノビスムや、ユダヤ人ブロックの身勝手や、上流貴婦人の意地悪などを辛辣な皮肉をこめて描いた作家が、こんな嘆かわしい主人公が読者の共感をそそらぬことを知らないはずがない。おそらくプルーストは、立派な振る舞いをする賞讃すべき人間よりも、恋心に翻弄されて嘘をつき、不安に駆られて情けない言動に走る人間を描くほうが、人間心理の深層を解明するのに好都合だと考えたのではなかろうか。

本作はビルドゥングスロマンへの批判

プルーストの長篇は、「私」が文学に目覚めた少年時代から創作にとりかかる晩年までの遍歴を描いている点で、ゲーテの『ヴィルヘルム・マイスターの修業時代』に代表されるビルドゥングスロマン（教養小説）のひとつとみなされるかもしれない。プルーストと同時代のビルドゥングスロマンとして日本でもよく知られているのは、ロマン・ロランの『ジャン・クリストフ』（一九〇四―一二）だろう。音楽家クリストフが、既成の音楽界を批判し、苦学しながら理想の芸術を追い求める成長過程を描いた長篇である。ゲーテの大作にも、ロランの長篇にも、読者の共感をそそる主人公の人間的成長が描かれ、そこに作家の思想が肯定的に投影されている。

ところがプルーストはこの両作を否定していた。ゲーテの主人公は「真実について語ることを好み、教化啓蒙に乗りだすことを怖れず、自己を高めてすぐさま雄弁になる青年」であり、そこには「自分のために書いた日記」と同じくゲーテ自身の「思想の強力な刻印」が認められるが、それは「真のわれわれ自身が書く」ものではない、という（「ゲーテについて」）。

またクリストフが口にする既成の音楽界への批判は、「使いふるしの決まり文句と不機嫌」のあらわれにすぎず、「クリストフが口をつぐんでくれたかと思うと〔…〕ひきつづいてロマン・ロラン氏が、陳腐に月並みを重ねて喋りまくる始末」だという。プルーストの批判は辛辣をきわめ、「この芸術は、このうえなく浅薄で不誠実なもの」であり、「書物のなかに精神が存在するための唯一の方法は、精神がその書物を生みだしたことであって、精神がその主題となっていることではない」（傍点は原文）とまで主張する。結論としてプルーストはこう述べる、「私は〔…〕高貴な思想を盛りこんだ高級芸術と、不道徳とか浅薄とか言われる芸術とのあいだに、なんの格差も認めないし、学者や聖人の心理を描いてみせようと、社交家の心理を扱おうと、芸術は芸術だと考えている。大体、人間の性格や喜怒哀楽、瞬時の反応などにかんするかぎり、差異のありようがないのだ。人の性格は、肺臓や骨格と同じことで、学者だろうが社交家だろうが、なんら変わるところはない」（「ロマン・ロラン」）。芸術の価値を決めるのは、そこに描かれた主人公が立派な言動をする理想的人物であるかどうかではなく、どんな人間を描いても露わになる作家の「精神」のありようだというのである。

「私」の行動自体は成長しない

主人公の「私」は、文学を志望していながら、コンブレーの少年時代から『見出された時』の晩年に至るまで、発表したのは『消え去ったアルベルチーヌ』において言及されるマルタンヴィルの鐘塔を描いたとおぼしい「フィガロ」紙への投稿文（⑫三三一–三三二）ぐらいである。もちろん長年にわたる文学上の無為は、小説の大団円における大作執筆の決意をドラマティックにするための周到な準備であろう。とはいえ日常生活における「私」自身の行動そのものには、さしたる進歩は見られない。

そんな「私」でも、少年期には知らなかった事実をしだいに発見してゆく。たとえばコンブレーで少年の「私」は、ノルマンディー地方のバルベック近辺は「地の果て」であり、あたりの海は「難破の多いことで有名」(①二八九)であり、そこに建つ教会は「まるでペルシャの芸術」(②四三〇)だと聞き、荒波の打ちよせるペルシャ様式の教会をぜひ見てみたいと憧れていた。ところがのちに現地を訪れた「私」は、現実のバルベックの教会は、じつは内陸部に建ち(④六二)、その彫刻群はなんらペルシャ様式のものではなく、伝統的なフランス様式によって「人物像を配した聖書」(④四二七)の表現にほかならないことを知る。

コンブレー郊外の「メゼグリーズのほう」と「ゲルマントのほう」というふたつの散歩道も、少年の「私」には相容れない「正反対の方向」(①二九六)に思われ、「一日の一度の散歩でけっしてふたつの方向に出かける」ことはなかった(①二九八)。ところが最終篇『見出された時』において「私」は、幼なじみのジルベルトの口から、午後のうちに「メゼグリーズを通ってゲルマントまで行ける」(⑬二五)ことを聞いて驚く。

主人公の「私」は、生涯を通じてさまざまな経験をし知見を深めるが、そのような経験が「私」の言動を大きく変えることはない。小説の終盤、第六篇において母親といっしょにヴェネツィアに滞在した「私」は、帰途につくはずの日、ホテルの宿泊予約客リストのなかに「ピュトビュス男爵夫人御一行」と記されているのを見つけてその小間使いへの欲望に駆られ、「ぼくは出発しない」と、お寝みのキスのとき同様、駄々をこねる（⑫五二九−三〇）。このように日常の行動にかんするかぎり、あいかわらず身勝手な振る舞いをつづけるところが、ビルドゥングスロマンの主人公たちとは画然と区別される『失われた時を求めて』の「私」の特徴である。その意味で主人公の「私」はアンチ・ヒーローであり、『失われた時を求めて』はアンチ・ロマンなのである。

文学史上の系譜

フランス文学において情けない平凡な主人公を設定したのは、『失われた時を求めて』を嚆《こう》矢《し》としない。プルーストが「文法上の天才」と絶讃したフロベールも、現代風俗を題材にするときには凡庸な主人公を設定した。出世作『ボヴァリー夫人』（一八五七）では、話題が「歩道のように平凡」だという夫シャルルはもとより、それを嫌う妻エンマの脳裏に去来する夢想も、ロマン派かぶれのありきたりの域を出ない。『紋切型辞典』を編んだフロベールは、人間の言動の根幹には「紋切型」が存在することを見抜いていたのだろう。『ボヴァリー夫人』が出版後に風紀紊乱《ぶんらん》のかどで裁判沙汰になったとき、同時代の詩人ボードレールは書評でこれを擁護し、本作は「もっとも間ぬけな地域」である「田舎」を舞台にし、「もっとも使い古された」「姦通」を題材にし、「ヒロインである必要はない」女を主人公にし、「もっとも卑俗な題材」も「扱いかた次第で」「最上のものとなり得るということを証明してやろう」という「真の賭け〔…〕として創作された」(山田𣝣訳、人文書院版『ボードレール全集』第Ⅲ巻)と喝破した。

プルーストの主人公「私」も、その行動を見るかぎり、とうていヒーローとは言いかねる無為の人である。『失われた時を求めて』は、主人公のこのような脱英雄化をさらに推し進め、ボードレールに倣って言えば、「情けない無為の男」を主人公とし、なおかつその男が「私」という一人称でその生涯を語ることで、そのような男の精神を描いても、「扱いかた次第で」「もっとも波瀾万丈で、もっともエピソードにあふれた人生」になりうることを証明してやろうという「真の賭け」として創作されたのではないか。なぜならプルーストが小説の冒頭で言うように、精神面から考察した人生、つまり「知的人生」こそが、「われわれが並行して送っているさまざまな人生のなかで、もっとも波瀾万丈で、もっともエピソードにあふれた人生」(①三九〇)であるからだ。この「知的人生」を体現するのは、主人公の「私」ではなく、語り手の「私」なのである。

3　語り手の「私」に寄りそう作者プルースト

語り手の「私」

以上の検討を踏まえ、小説の出だしを、いまひとたび読みなおしてみよう。「長いこと私は早めに寝《やす》むことにしていた。ときにはロウソクを消すとすぐに目がふさがり、「眠るんだ」と思う間《ま》もないことがあった。ところが三十分もすると、眠らなくてはという想いに、はっと目が覚める」（①二五）。この文章を通じて想いうかぶのは、「早めに寝《やす》むことにして」ベッドに横たわる「私」のすがたである。この過去の「私」を主人公と呼ぶことにしよう。

ところで冒頭の一文、「長いこと私は早めに寝《やす》むことにしていた」を読む人は、主人公である過去の「私」を想いうかべると同時に、「長いこと私は早めに寝《やす》むことにしていた」とものがたる現在の「私」の声を感じとらずにはいられない。このものがたる現在の「私」を「語り手」と呼ぶことにする。

『失われた時を求めて』のなかには、この語り手の現在がふとあらわれる瞬間がある。たとえばコンブレーの少年時代をふり返るつぎの一節に出てくる現在形はその典型だろう。「あのロワゾー・フレシェという古い旅籠《はたご》では、地下の換気口から料理の匂いが立ちのぼっていたが、その匂いは今もなお私の心に、変わることなく間歇的にふつふつと立ちのぼってくる」(①一二〇、傍点は引用者)。また「コンブレー」には、母親がお寝《やす》みのキスを与えてくれなかった悲しい夜のことを想い出してものがたる「私」の感慨が、やはり現在形で表出される箇所がある。「父の前ではなんとか堪えて、お母さんとふたりきりになってようやくどっと溢れだしたすすり泣きの声が、ほんのしばらく前から、じっと耳を澄ますと、ふたたびはっきりと聞きとれる」(①九一、傍点は引用者)。

この語り手の現在は、「私」の生涯のいかなる時点に位置づけられるのか。最終篇の大団円で「私」は、みずからの生涯を素材にして長い物語を書く決意をする。語り手の現在は、論理的にはこれらの過去をすべて経験し想い出したあとの、現時点と考えるべきだろう。とはいえ語り手の現在を「私」の最晩年のある一定の時点に固定することはできない。というのも、語る「私」の現在は、「長いこと私は早めに寝《やす》むことにしていた」の場合のように、ある言説が発せられる瞬間にその都度あらわれる現在時にほかならないからである。それゆえ語り手の「私」は、最晩年の老人といった具体的肉体をもつ存在ではなく、むしろあらゆる言説が生じるところに発生する語る声として、抽象的な発話の現在として、『失われた時を求めて』の至るところに遍在すると考えるべきだろう。

この小説冒頭における夜の場面で重要なのは、ベッドに横たわって寝返りをうつ「私」の行動それ自体ではなく、ふと目覚めたときの姿勢から過去に滞在した部屋を想い出す「私」(主人公)とその回想をものがたる「私」(語り手)の精神のほうである。語り手の「私」がくり出す精神的考察の重要性を際立たせるために、一般的にプルーストの主人公は受動的人間として、つまり聞く人、見る人、感じる人、考える人として設定されているのではなかろうか。その感覚や思考を知的生活の成果として報告する役割は、むしろ語り手としての「私」が担っている。主人公や登場人物たちの行動を要約する「あらすじ」を提示しても、なんら『失われた時を求めて』を語ったことにはならない所以である。

語り手の背後の作者

さて『失われた時を求めて』では、主人公「私」の回想を語り手がただやみくもにものがたっているわけではない。語り手の背後には、なにをどのように語るかを決めて全体の語りを統御している作者プルーストが存在しているはずである。小説は虚構の作品であるから、それを最初から最後まで一貫して語っているのは語り手であり、作家は、刊本の表紙に作者として名を記されているだけの存在だとする説がある。いかにも筋の通った理屈ではあるが、とはいえ筆者は『失われた時を求めて』の随所に、作者プルーストの影を感じずにはいられない。

たとえば『囚われの女』には、同居する恋人アルベルチーヌが目覚めて「私」の名前を呼ぶこんな一節がある。「アルベルチーヌは口が利けるようになると、「あたしの」とか「あたしの大事な」とか言って、そのどちらかに私の洗礼名を言い添えたが、この書物の語り手に作者と同じファーストネームを与えたなら「あたしのマルセル」とか「あたしの大事なマルセル」とかになったであろう」(⑩一六二)。この「マルセル」の名は「作者と同じファーストネームを与えたなら」という非現実仮定のもとで出てきたものだが、もっと先で、アルベルチーヌが出先から「私」に送ってきた手紙には、非現実仮定なしに「なんてひどいマルセル！」(⑩三五〇)という記載がある。注目すべきは、これら「マルセル」への言及は、草稿帳(一九一五)には存在せず、清書原稿帳(一九一六以降)にわざわざ加筆されたという事実である(本章扉参照)。

小説の後半には、プルーストの家政婦だったセレスト・アルバレ(図16)が同名の作中人物として登場する(⑧五四六-五四、⑩三八-三九)。このように小説の終盤には、あとで見るように、主人公の「私」に作者のプルースト自身が投影される場面が頻出するのである(第10章参照)。

『失われた時を求めて』において語り手の背後に作者が寄りそっていると感じられる箇所は

ほかにもある。小説作法でいう「伏線」はそれに当たる。たとえば「コンブレー」で近隣のモンジュヴァンに出かけた少年の「私」は、そこに住むヴァントゥイユ嬢が女友だちと同性愛の行為にふける場面をふと目撃する。その目撃談の前置きとして、語り手はこう言う、「モンジュヴァンで感じた印象がもとになって、当時は理解できなかったその印象から、ずいぶん後に私はサディスムの概略を知ったのかもしれない。いずれおわかりいただけることだが、まるでべつの理由から、この印象の想い出は、私の生涯に重要な役割を果たすことになる」(①三四四)。

ここで後段の「私の生涯に重要な役割を果たす」というのは、そこまでたどり着くとわかるように、『ソドムとゴモラ』の末尾で「私」がアルベルチーヌの同性愛の可能性を阻止するために恋人と同居する決心をすることを指す(⑨五八〇以下)。前段の「ずいぶん後に私はサディスムの概略を知った」という伏線が暗示しているのは、等閑視されているが、『見出された時』で同性愛者シャルリュス男爵が自身を鞭打たせるサディスム(実際には第9章で検討するようにサドマゾヒズム)の場面にほかならない(⑬三一九−二〇)。

図16　セレスト・アルバレ

いや、伏線だけではない。「失われた時」の回想をものがたる語り手の背後には、むしろつねに作家プルーストが寄りそっていると考えるべきだろう。『失われた時を求めて』の「私」には、主人公、語り手、作者という三重の「私」が内包されている。主人公としての「私」は、行動力を欠いた受動の人で、身勝手なわがままの目立つその言動は共感をそそらない。しかしその「私」の体験をものがたり、それに注釈を加える語り手の回想談には、心中に去来するさまざまな想念が繊細な感受性を伴って描かれて、それを叙述する長文には作家の思考と文体が直接反映されているのだ。

作家プルーストは、ときに異様な言動に走る主人公「私」と、それを冷静にものがたる語り手「私」とのこのような乖離を完璧に意識していた。『囚われの女』でアルベルチーヌへ発する「私」のことばが本心とは違うことを指摘したあと、語り手はこう言う、「私がかりに読者に私の感情を隠しておき、それゆえ読者が私の発言だけを知ることになれば、その発言とはまるで辻褄の合わぬ私の行為は、読者にしばしば異様な豹変との印象を与えかねず、読者は私をほとんど気が狂ったかと思うだろう」(⑪三五五—五六)。さらに語り手はこう断っている、「読者があまりそんな印象をいだかないのは、私が語り手として、読者に私の発言を伝えると同時に、私の感情をも叙述しているからである」(⑪三五五、傍点は引用者)。プルーストの小説の読者が、その複雑な語りにもどかしさと同時にかぎりない魅力を見出すのは、語り手であると同時に作者でもある「私」の多重性にあるのではなかろうか。

どうやらプルーストは、みずから「残骸」の「寄せ集め」にすぎないと感じた『ジャン・サントゥイユ』の欠陥を克服する鍵を、この「私」という一人称に見出したようである。『失われた時を求めて』は、「私」を作家志望の「主人公」として設定し、その「私」に自己の生涯をものがたって注釈を加える「語り手」および「作者」としての機能を担わせることによって成立したのだ。『サント＝ブーヴに反論する』が、前半でくり広げられる小説部分の根拠を後半で開陳される「芸術諸原理」によって明らかにする構想であったのと軌を一にして、『失われた時を求めて』で語られる主人公「私」の数々の体験や想念は、語り手「私」に内在する作家の注釈によってその根拠が説明される。その根拠たる「芸術諸原理」には、プルーストが世紀末の芸術論をはじめ、ラスキンの翻訳・注解をへて『サント＝ブーヴに反論する』の作家論において深く究めていた評論活動での蓄積が遺憾なく活かされた。プルーストが長年にわたり揺れうごいていた創作と評論は、プルースト自身がそう想いこんでいたような相容れない対立物ではなく、『失われた時を求めて』のなかに有機的に統合吸収されることになったのである。

第3章

精神を描くプルースト
―回想，印象，比喩―

プレ＝カトラン（イリエ）のサンザシ

大作の冒頭「コンブレー」には、少年の「私」が田舎町のレオニ叔母の家ですごした春の休暇が描かれている。母親のお寝みのキスを奪われた少年の不安、意志薄弱な「私」を心配する祖母、レオニ叔母と女中のフランソワーズが交わすうわさ話、主人と召使いとしてのふたりの確執など、穏やかな日常のなかに進行する家族の葛藤が少年の目を通じて観察される。町を出る散歩では、麦畑をわたる風や、突然の雨、野原に咲くサンザシやリラ、川面にうかぶ睡蓮などが、プルースト特有の比喩を駆使した文章によって描かれる。この章には、「私」の一家を訪ねてくるスワン、別荘の生け垣ごしに見えるスワン夫人と娘のジルベルト、その脇に立つシャルリュス、「私」が教会でかいま見るゲルマント公爵夫人など、このあと重要な役割を果たす人物たちが周到に配されている。

本章では、多くの概説書における解説との重複を避け、筆者が「コンブレー」において最も重要だと考える、つぎの三点にしぼって考察したい。まず、最初の難関である冒頭の不眠の場面。これは『失われた時を求めて』の構造を明らかにする鍵だからである。第二に有名なマドレーヌの挿話。第三にマルタンヴィルの鐘塔に代表される印象と比喩の問題。無意志的記憶と印象は、プルーストが大長篇の要《かなめ》として配置した両輪だからである。

1　『失われた時を求めて』はすべて「私」の回想談

プルーストの長篇を手にとった人は、だれしも冒頭約十頁(①二五―三六)の記述に当惑せずにはいられない。夜のベッドで眠りについた「私」が何度もふと目覚め、なかなか寝つけないまま夜明けを迎えるという場面である。はじめて『失われた時を求めて』に接した読者は、この場面の意味がわからず、即座に投げ出してしまうかもしれない。無理もない、この冒頭場面の意味は長篇を最後まで読まなければ理解できないからである。プルーストの小説は、なぜこんな奇妙な場面から始まるのだろうか。

冒頭の夜は回想の契機

夜のベッドに横たわる「私」は、じつはふと目覚めたときの姿勢から、かつて同じ姿勢で寝ていた部屋をつぎつぎと想い出している。目覚めたときの「身体にやどる記憶」、つまり「肋骨や、膝や、肩」に無意識裡にやどる「記憶」が、「かつて寝たことのある部屋をつぎつぎに提示してくれる」(①三〇)のだ。こうして想起された部屋をすべて吟味すると、いずれも本作において「私」が滞在していた部屋であることがわかる。

たとえば目覚めたとき「壁のほうを向いて、天蓋つきの大きなベッドに横になっている」気がすると、「コンブレーの祖父母の家で私にあてがわれた寝室」が想い出される(①三一)。コンブレーは、第一篇第一部で語られる「私」が少年時代に休暇をすごした田舎町である。「壁が大急ぎでべつの方向に移動する」と、今度はタンソンヴィルの「サン゠ルー夫人宅で私に与えられた寝室」がよみがえる(①三二)。タンソンヴィルはコンブレー郊外にスワンが所有する別荘の所在地で、ここで想起されているのは、「私」が最終篇『見出された時』において「サン゠ルー夫人」となったスワンの娘ジルベルトを訪ねたときのことである(⑬二一以下)。

またべつの姿勢からは「紫色のカーテン」に覆われ「防虫剤の嗅いだことのない臭《にお》い」のする「狭くて天井の高い部屋」(①三四)が想起される。これは第二篇『花咲く乙女たちのかげに』第二部に出る海辺の保養地バルベックで「私」が宿泊したホテルの部屋にほかならない(④七八-七九)。さらに「天井を軽やかに支える小さな円柱がいとも優雅に間隔をあけ、ベッドの位置を指し示し」てくれる「ルイ十六世様式の部屋」(①三四)は、第三篇『ゲルマントのほう』にて「私」が兵営の町ドンシエールで宿泊したホテルの部屋を想わせる(⑤一七六)。

第六篇『消え去ったアルベルチーヌ』で語られるヴェネツィア滞在や、第五篇『囚われの女』の舞台となるとともに全篇にわたり「私」が生活の根拠としたパリも、冒頭場面を締めくくるつぎの要約において想起される。「すでに私の記憶には弾みがついていた。たいていの場合、私は、すぐにふたたび眠りこもうとはせず、コンブレーの大叔母のところや、バルベックや、パリや、ドンシエールや、ヴェネツィアや、その他の土地ですごした私たちの昔の生活を想い出したり、そんな土地や、そこで知り合った人たちのこと、そんな人たちについて私が見たり聞いたりしたことを想いおこしたりして、夜の大半をすごしたのである」(①三六)。

本作品は「私」の回想談

このように夜の場面において回想された土地は、『失われた時を求めて』にて語られる第一篇のコンブレーから最終篇のタンソンヴィルまでを網羅している。さらに引用した要約に明らかなように、想い出されたのは土地だけではなく、その「土地ですごした私たちの昔の生活」や、「そこで知り合った人たちのこと、そんな人たちについて私が見たり聞いたりしたこと」にも及ぶ。これは「私」の過去の体験と見聞のすべてであり、タンソンヴィル滞在に至るまでの「私」の全生涯にほかならない。

小説の大団円、ゲルマント大公邸の書斎において、長い物語を書く決意をした「私」はそれまでの生涯を導いてきた偶然の糸をつぎつぎと想いうかべる（⑬五三一－三四）。このような全体的回顧は、「私」が冒頭の夜の回想をすでに背後に所有していなければ不可能である。したがって「私」が「早めに寝《やす》むことにして」いて、そのあいだに生涯の大半を想い出した長い歳月は、タンソンヴィル滞在以降、ゲルマント大公邸のパーティー以前、に位置づけられる。この時期は、ほかでもない、あとで検討するように「私」が第一次大戦を挟んで「療養所」ですごした「多くの歳月」（⑬四〇四）に相当する（第5章および巻末「『失われた時を求めて』年表」参照）。

プルーストによれば人生の体験は、つぎつぎと忘却の淵に沈んでゆく。そして人が意図して想い出すものは、平板な過去の羅列にすぎず、真の過去ではない。真の過去たる「失われた時」をありありと想い出させてくれるのは、マドレーヌの挿話が示すように、偶然出会った感覚のうちに意識せずやどっていた記憶である。冒頭場面で「私」に過去を想い出させてくれたのも、目覚めたとき「肋骨や、膝や、肩」に無意識のうちにやどっていた「記憶」である。本作がなにゆえ「私」の晩年から、しかもベッドで寝返りを打つ場面から始まるのか、いまや明らかであろう。この場面は、『失われた時を求めて』という「私」の回想談が成り立つ根拠を示すとともに、そのほぼ完璧な要約となっているのだ。

冒頭の全体的回顧において、とくに「私」の滞在した「部屋」が想起されるのは、偶然ではない。これらの部屋は、そこに滞在した「私」の心理状態をも象徴する役割を果たしているからである。コンブレーの部屋を想い出した「私」は、「おやっ、お母さんがおやすみを言いに来てくれなかったのに、寝てしまったんだ」(①三一)とつぶやく。喚起されているのは、あとで展開されるお寝《やす》みのキスの動機である。タンソンヴィルの部屋の想起では、「日が暮れると散歩に出て、昔は陽光をあびて遊んだ同じ道をいまや月明かりに照らされてたどる」(①三二)と、その滞在がコンブレーとは対照的なものであったことが示唆される。バルベックの「狭くて天井の高い」ホテルの部屋の場合には、習慣がすべてを変えてくれるまで「私」が「辛い夜を何度もすごした」(①三五)ことが想い出される。冒頭の夜の場面では、暗がりのなかで、全篇において重要な役割を果たす主要動機がまるでオペラの序曲のように奏でられるのだ。

「不眠の夜」は場面転換も果たす

主人公が「長いこと〔…〕早めに寝《やす》むことにしていた」という回想の夜は、小説の冒頭に出てくるだけではない。「コンブレー」の末尾にも、つぎのように再度あらわれる。「そんなふうに私がしばしば明け方まで想いうかべたのは、コンブレー時代のこと、眠れなかった悲しい夜のこと、最近になって一杯の紅茶の風味〔…〕からイメージがよみがえった多くの日々のこと、さらに想い出の連鎖により、私の生まれる前にスワンがした恋について、この小さな町を離れて何年もたってから細部まで正確に聞かされたことである」(①三九四–九五、傍点は引用者)。

ここに言及された「眠れなかった悲しい夜のこと」とは、母親がお寝《やす》みのキスにあがってきてくれなかった「コンブレー 一」(①三六–一〇八)の悲しい夜のことである。つぎの「紅茶の風味」からよみがえった「多くの日々」とは、マドレーヌの味覚からふと想い出された「コンブレー 二」(①一一九–三九四)の昼間の日々にほかならない。ただしこのマドレーヌの味覚による無意志的記憶の現象は、多くの読者がそう想いこんでいるように少年が春の休暇をすごしたコンブレーでのできごとではない。コンブレーの想い出から「就寝の悲劇」以外のものが消え失せて「長い歳月」が経った「ある冬の日」(①一一二)のことであり、前段落の引用文にいう「最近」のこと、おそらくパリで生じたことである。

また「スワンがした恋」というのは、第二部「スワンの恋」に相当する。さらに言えば第三部「土地の名―名」で語られるバルベックのホテルの部屋もまた、つぎの一節に明らかなように回想の夜から出てくる。「眠れない夜に私がいちばんよく想いうかべた部屋のなかでも、バルベックの海浜グランドホテルの部屋ほど、コンブレーの部屋と似ても似つかないものはなかった」(②四二五)。この「眠れない夜」という表現を借用し、以下、冒頭の夜を「不眠の夜」と呼ぶことにしよう。

このように冒頭「不眠の夜」は、『失われた時を求めて』という回想談の根拠を示すだけではなく、第一篇を構成する「コンブレー」の「一」と「二」、「スワンの恋」、「土地の名―名」の三つの部の開始をも告げて、作中における場面転換の役割を果たしている。プルーストはこの役割を充分に意識していた。というのもネルヴァルの中篇「シルヴィ」に出てくる無意志的記憶を採りあげたとき、作家は「この記憶現象は、偉大な天才ネルヴァルに場面転換の役割を果たした」(「フロベールの「文体」について」)と指摘していたからである。

2　マドレーヌ体験の意味——無意志的記憶とはなにか

マドレーヌの挿話は『失われた時を求めて』を読んだことのない人でも知っているだろう。少年時代のコンブレーの想い出について、母親がお寝《やす》みのキスにあがってきてくれなかった悲しい夜(「コンブレー　一」)のことしか覚えていなかった「私」はある日、紅茶に浸したマドレーヌのひとかけを口にしたとたん、幸福感に満たされる。それがかつて叔母の出してくれたマドレーヌの味だとわかると、忘れていたコンブレーの昼間の日々(「コンブレー 二」)が一気によみがえる。「家とともに、朝から晩にいたるすべての天候をともなう町があらわれ、昼食前にお使いにやらされた「広場」はもとより、私が買い物に出かけた通りという通り、天気がいいときにたどったさまざまな小道があらわれた」(①一一六)。このマドレーヌ体験は、なにを意味しているのだろう。

無意志的記憶がもたらす幸福感

かつて体験したのと同一の感覚にふと出会ったときに生じる意志の介在しないこのような回想を、プルーストは「無意志的記憶」と呼んで、長篇全体を支える「作品の原材料」とした(一九一三年『スワン家のほうへ』出版時のインタビュー)。『見出された時』では、不揃いな敷石につまずいたことからヴェネツィアを想い出したのを皮切りに、「私」はつぎつぎ無意志的回想を体験し(⑬四三二以下)、それを核とする文学にとりかかる決意をする。

マドレーヌの挿話において「私」は、「お菓子のかけらのまじったひと口が口蓋《こうがい》にふれたとたん〔…〕えもいわれぬ快感が私のなかに入りこみ」、そのおかげで「人生の有為転変などどうでもよくなり」、自分が「死すべき存在だとは思えなくなった」という(①一一一)。これはなにゆえだろう。その理由は、「コンブレー」では不可解なままにとどまるが、最終篇の『見出された時』で明かされる。これはきわめて重要な点なのでプルーストの結論を先取りして指摘しておきたい。無意志的記憶現象によって過去がよみがえるときに幸福感がもたらされるのは、「過去と現在とに共通」する「エッセンス」が、「昔の日と現在とに共通する領域、つまり時間を超えた領域」において「時間の秩序から抜けだした人間をわれわれのうちに再創造」し、その結果、われわれは自分を「将来の有為転変などを気にしない存在」にするからだという⑬（四四〇-四一、四四四頁）。無意志的記憶は、われわれをして時間を超越した存在、つまり永遠の存在たらしめるのである。

作家の優位

無意志的記憶の発現においても、「不眠の夜」における回想と同じく、主人公の「私」は行動の人ではなく、じっと動かぬ存在である。目覚ましく活動しているのは、マドレーヌを味わったときの幸福感と過去のよみがえりを詳細に報告する語り手のことばである。

その語り手のことばには、作者プルースト自身の声が響いているように感じられる。マドレーヌのかけらを口にして幸福感に襲われた「私」は、その原因を探求するがうまくゆかず、こう考える。「なにしろ精神は、探求する主体なのに、その全体が真っ暗闇の土地のようなもので、そこをみずから探求しなくてはならないとなると、これまでの知識はなんの役にも立たない。探求する？　いや、それだけではない。創り出すのだ。精神が直面しているのは、いまだ存在しないものであり、精神のみがそれを実現し、それに精神の光を当てることができるのである」(①一一二―一一三)。この「探求する？　いや、それだけではない。創り出すのだ」という一節には、この未知の現象を明るみに出すには「探求する」だけでは不充分で、ことばによる創造が必要不可欠だという、作家プルーストの思想が反映しているのではないか。

マドレーヌの味覚によるコンブレーの回想は、この挿話の末尾において、日本の水中花にたとえられる。「日本人の遊びで、それまで何なのか判然としなかった紙片が、陶器の鉢に充たした水に浸したとたん、伸び広がり、輪郭がはっきりし、色づき、ほかと区別され、確かにまぎれもない花や、家や、人物になるのと同じで、いまや私たちの庭やスワン氏の庭園のありとあらゆる花が、ヴィヴォンヌ川にうかぶ睡蓮が、村の善良な人たちとそのささやかな住まいが、教会が、コンブレー全体とその近郊が、すべて堅固な形をそなえ、町も庭も、私のティーカップからあらわれ出た」(①一一七)。

ここでも、すべての文言は、もとより語り手の「私」が発したものである。しかし「日本人の遊び」をめぐる比喩には、語り手の言説を統御する作家のペンの存在を認めずにはいられない。プルーストはなにゆえ本作で頻繁に比喩に訴えるのか。それを解明するには、「無意志的記憶」と並んでプルーストが重視した「印象」がどのように描かれているかを検討しなくてはならない。

3　印象の記述になぜ比喩が多用されるのか

プルーストが小説のなかでつねに「無意志的記憶」と並置して重要な役割を与えているのは、「さまざまな判然としない印象」、つまり「ひとつの雲や、三角形や、鐘塔や、花や、小石」⑬四五四)などがひきおこす「印象」である。この印象もまた、主人公の「私」が能動の人ではなく、受動の人である状況と切り離せない。「私」は、外界にはたらきかける存在ではなく、外界の目撃者であり、外界が精神にひきおこす「印象」の生起する場なのである。

印象を「見極める」

プルーストにあって印象は、さきに引用した「判然としない印象」という表現が示すように、まずことばにならない感覚として到来する。この原初の感覚を端的に示すのは、「私」が口にする「えい、えい、えい、えい」という叫びである。「太陽のおかげで新たによく映えるようになった沼のなかに」瓦屋根が「バラ色のマーブル模様」を描いているのに目をとめた少年は、「水面と壁面で、かすかな微笑みが空の微笑みに応えているのをみて」興奮し、閉じた傘をふりまわして「えい、えい、えい、えい」と叫ぶ(①三三八)。感覚それ自体はことばになりにくいからである。しかしそのとき「私」は、自分の「義務は、このようなわけのわからないことばに甘んじることなく、恍惚状態にあってもさらに明確にものごとを見極めようとすることだと感じた」(同上)という。この「明確にものごとを見極め」るとは、どのような事態を指すのか。その解答はマルタンヴィルの鐘塔の挿話に示されている。

マルタンヴィルの鐘塔

コンブレーの少年は、郊外へ出て馬車に揺られていたとき、遠くに見えるマルタンヴィルなど三本の鐘塔が、馬車の進む方向の変化につれて離れたりくっついたりするさまを見て心を動かされ、その動きを即興で文章につづる。興味ぶかいのはこの挿話が、鐘塔の動きを客観的に報告する前段の説明文(①三八三-八五)と、後段で括弧にくくられた「私」の描写文(①三八六-

八七)という、二段構えになっている点にある。印象を「明確に見極める」とはどういうことなのか、この両者を比較してみよう。

　三本の鐘塔がどのように見えたかを語る前段の説明文では「尖塔の形や輪郭の移動や表面の陽の当たり具合」(①三八四)が報告される。この説明文で顕著なのは、「馬車はマルタンヴィルの教会の前に止まった」(同上)とか、「ふり返るとまだ鐘塔が見えていたけれど、すこし後で道を曲がったとき、それを最後にすがたを消した」(①三八五)とか、描写が即物的かつ客観的であることだ。ところが、しばらくして「私」がその鐘塔を「想い出そうと試み」ると、鐘塔の輪郭と陽の当たる表面に「樹皮のように割れ目ができ、なかに隠されていたもの」があらわれ、そのとき生じた想念は「頭のなかに言葉で表現された」という(同上、傍点は引用者)。

　「私」はその場で鉛筆を借り、その印象を文章に書きとめる。括弧内に引用されたその文章では、説明文に存在した即物的な描写は影をひそめる。「三本の鐘塔は〔…〕まるで平原に降り立った三羽の小鳥のようにじっと動かない〔…〕。道が方向を変えると、鐘塔は光のなかを三本の金色の心棒のように旋回して私の視界から消え去った。〔…〕最後に一度だけ遠くから認めたとき、もはやそれは野原の低い地平線のうえの空に描かれた三つの花のようにしか見えなかった。それはまた夜の帳《とばり》の下りた無人の地に置き去りにされた三人の伝説の乙女を想わせた。そして全力疾走で遠ざかってゆくあいだに見つめていると、それらはおずおずと道を探し求め、その高貴なシルエットを何度か不器用につまずかせたあと、たがいに身を寄せあい、相手の背後に身を隠しては、いまだバラ色に映える空にただひとつの黒く魅力的なあきらめの形となって夜の闇に消えていった」(①三八六－八七、傍点は引用者)。

この描写文の引用では、先立つ説明文には存在しなかった文言を抜き出し、そこに傍点を付した。こうすると一目瞭然で、傍点を付した箇所はすべて比喩(多くは直喩)である。この一節は少年の作とされるが、実際には一九〇七年、三十六歳のプルーストが「フィガロ」紙に寄稿した「自動車旅行の印象」と題する文章をほぼそっくり借用したものである。とはいえこの文章では、すべての比喩がプルースト特有の説得力を備えているとは言いがたい。それゆえ作家はこれを少年の作として再利用したのかもしれない。

三本の鐘塔を「平原に降り立った三羽の小鳥」にたとえた比喩の場合、見渡すかぎりの平原に降り立つすがたを想像するには「小鳥」はあまりにも小さい。鐘塔を「三本の金色の心棒」や「空に描かれた三つの花」にたとえた比喩にしても、鐘塔の動きや形状から一定の納得はできるものの、鐘塔がどうしても「心棒」や「花」でなければならない必然性は感じられない。ただし最後に出てくる「三人の伝説の乙女」のたとえは説得的である。とくにその「乙女」たちが「おずおずと道を探し求め、〔…〕シルエットを何度か不器用につまずかせたあと、たがいに身を寄せあい、相手の背後に身を隠しては〔…〕ただひとつの黒く魅力的なあきらめの形となって夜の闇に消えていった」という締めくくりは、秀逸というほかない。描写文の最初から、鐘塔を「道に迷った人」になぞらえる擬人法がつみ重ねられてきた成果であろう。

いずれにせよ注目すべきは、鐘塔を「小鳥」や「心棒」や「花」や「伝説の乙女」にたとえる比喩は、目にとめた鐘塔を「私」が心中で「想い出そう」とし、「想念」という精神的なものへ転化させ、さらにそれを「言葉で表現」するという段階を踏んで出てきたものであるという点だ。前段の即物的説明文に欠けていた後段の文学的描写から、プルーストのいう「明確にものごとを見極め」る営為とは、現実の知覚を「精神」が吸収できるもの、すなわちことばによるイメージとして定着させることだとわかる。マルタンヴィルの鐘塔の挿話は、早くも「コンブレー」の段階から、文学創造の核心を読者に伝える役割を担っているのである。

比喩は「文体に永遠性を与える」

印象を明確に見極める文学の営為が、とりわけ比喩によって実現するのは、なにゆえであろう。この文章を書き終えた「私」は「じつに幸せな気分」(①三八八)になったというが、それはなぜなのか。こうした疑問に答えるヒントになるのは、プルーストが晩年の一九二〇年に提示した「文体に永遠性を与えるのはメタファーだけだ」(「フロベールの「文体」について」)という命題である。ただし作家のいう「メタファー」には、暗喩だけでなく直喩も含まれることに留意しよう。

さきに検討したマドレーヌの挿話において、無意志的記憶が幸福感をもたらしたのは、その体験者をして時間を超越した永遠の存在たらしめるからであった。さらにプルーストは『見出された時』のなかで、無意志的記憶の要諦は「時間の偶然性から抜け出させるために両者(現在と過去の感覚)をひとつのメタファーのなかに結びつけて両者に共通するエッセンスをとり出す」一点にあると言う(⑬四七八)。ところがあまり指摘されていないけれど、マドレーヌによる回想にせよ、不揃いな敷石による回想にせよ、そこには「過去」と「現在」を結びつける比喩など出てこない。マドレーヌの挿話に援用された水中花の比喩にしても、無意志的記憶のあらわれ自体をたとえたものであって、水中花の比喩そのものが「過去」と「現在」の二項を結びつけたわけではなかった。

「メタファーのなかに結びつけて両者に共通するエッセンスをとり出す」べきなのは、無意志的記憶の場合ではなく、むしろ「印象」の場合ではないか。無意志的記憶の場合にはおのずと「過去」と「現在」という二項が前提となるが、印象の場合には現在の対象という一項しか存在しない。ところがプルーストによれば、現在の知覚に張りついた写実的な描写、つまり「事物の輪郭や外観の貧弱な一覧を提供するだけの文学」は、真の「現実から最も遠い文学」(⑬四六八)である。そこで印象の描写に、比喩という第二項がつけ加えられると、読者の想像力は現在の知覚とつけ加えられた比喩との「両者に共通するエッセンスをとり出す」ことが可能となり、「現在」の軛《くびき》から抜け出すことができるのではないか。プルーストの「文体に永遠性を与えるのはメタファーだけだ」という命題はそのように理解すべきものと筆者は考える。

サンザシの描写における比喩

プルーストの小説にあって、印象の記述に「永遠性を与える」べく比喩が駆使される例は、枚挙にいとまがない。そのほんの一例として、コンブレーの教会の祭壇に飾られたサンザシの描写のさわりを読んでみよう。「さらに上のほうでは、サンザシの花冠があちこち無頓着な風情で花開き、目立たない装いの仕上げをするかのように、無造作に雄蕊《おしべ》の花束を手にしている。その雄蕊が野にかかるクモの糸のように繊細で、花冠にはすっかり靄《もや》がかかっている。そんなサンザシの花咲くようすを自分の心の奥底で追いつつ、それを真似てみようとすると、私には粗忽《そこつ》で活発な色白の乙女が、媚《こび》をふくんだ眼差しで瞳を細め、そそっかしくさっと顔をふり向けるさまに見えるのだった」(①二五三)。

マルタンヴィルの鐘塔の挿話では、その動きを「頭のなかに言葉で表現」するとき比喩があらわれた。この一節でも、「私」が想像力をはたらかせて「サンザシの花咲くようすを自分の心の奥底で追いつつ、それを真似てみよう」とした結果、目の前の花が最後には「粗忽《そこつ》で活発な色白の乙女」へと変貌する(傍点はともに引用者)。この「色白の乙女」の比喩は、すでにその前段において「無頓着な風情で」とか「無造作に雄蕊《おしべ》の花束を手にしている」とか、花の擬人化によって周到に準備されていた。その準備があるから、サンザシの開花を「色白の乙女」の「媚《こび》をふくんだ眼差しで瞳を細め、そそっかしくさっと顔をふり向けるさま」にたとえる比喩が説得力を持つのだ。

しかしサンザシの花を「乙女」へと変貌させたプルーストの比喩には、べつの根拠も秘められている。というのも「私」がサンザシの花に「色白の乙女」を想像した直後、教会堂の「私」の横には「ヴァントゥイユ氏が娘といっしょに〔…〕座っていた」(①二五三)からである。花を「色白の乙女」へ変貌させた比喩には、ヴァントゥイユ嬢の最初の登場という小説構成上の根拠も込められていたのである。

サンザシの花は、教会の祭壇に飾られているだけではなく、スワンの別荘の生け垣にも咲いている（本章扉に掲げたイリエ＝コンブレー郊外のプレ＝カトランにおけるサンザシの生け垣がそのモデル）。少年の「私」が生け垣に沿う「小道」を通りかかると、「生け垣のつくる形はさながらひとつづきの小礼拝室」のように見え、花の下の地面には「太陽が、あたかもステンドグラスを通過してきたかのように〔…〕光の格子縞を落としている」（①三〇三）。サンザシの生け垣を形づくる幹や枝は、大掛かりな比喩によって教会堂の柱やアーチへと変貌するのだ。

この生け垣の描写は「その小道は、サンザシの匂いでぶんぶん唸っていた」（①三〇二─〇三）という一文で始まっていた。ふつう「匂いでむんむんしていた」と書いて然るべきところ、昆虫の「羽音でぶんぶん唸る」という唐突な比喩が使われたのは、教会堂の描写においてサンザシの「間歇的な匂い」に「祭壇が〔…〕あたかも元気のいい触覚の訪れをうけて震える」（①二五五）ように感じられたという以前の記述へと読者の注意をひき戻すためだろう。教会堂が生け垣にたとえられ、ついで生け垣が教会堂にたとえられる比喩には、シンメトリックな構成原理がはたらいているのである。

生け垣には、白いサンザシのみならず、バラ色のサンザシも咲いている。その木は「バラ色の装い」で「着飾った乙女」にたとえられる（①三〇七─〇八）。と、そのとき、生け垣のむこうの庭から「ブロンドの髪の少女」が「バラ色のそばかすの顔」をあげ、じっと少年のほうを見る(①三〇八)。スワンの娘ジルベルトの最初の登場場面である。教会堂の白いサンザシを「色白の乙女」にたとえた比喩がヴァントゥイユ嬢の登場を予告したとすれば、バラ色のサンザシを「バラ色の装い」の乙女にたとえた比喩はバラ色の少女ジルベルト登場の予告をなす。花を乙女にたとえて「文体に永遠性を与える」プルーストの比喩には、小説構成上の重要な根拠も込められているのだ。

マドレーヌの挿話が「最近」のできごとであるにもかかわらず「コンブレー 一」の掉尾を飾り、マルタンヴィルの鐘塔の描写が「コンブレー 二」のほぼ末尾に配置されているのは偶然とは思われない。前者が無意志的記憶を代表し、後者が印象を代表する挿話であり、消えゆく「失われた時」にたいして、両者が一種の「永遠」をかいま見させてくれるからである。少年の経験をものがたる日々の叙述のなかに、少年にはそぐわない、まるで作者プルーストを代弁しているかのような文学的描写が差し挟まれるのは、「コンブレー」の中心主題が早くも文学創造にあることを示している。

少年の読書体験をものがたる一節に、突然、小説というフィクションの本質を衝くこんな一節が出てくるのも、同じ理由からである。「最初に小説をものした人の創意工夫は、われわれの感動装置において大事な要素となるのはイメージだけなのだからと、現実の人間をすっかり抹消し〔…〕心の入りこめない領域を、同量の非物質的な領域に、つまりわれわれの心が吸収できるものに置き換えることを想いついたところにある」(①一九六)。コンブレーの下働きの台所番女中がお産後に「おそろしい腹痛」に見舞われたとき、フランソワーズは相手の苦痛に「まるで冷淡」であったのに、「医学書で発作の説明」を読んで泣きじゃくる(①一七二―七三)。これもフランソワーズにとって、台所番女中は「心の入りこめない」「現実の人」であったのにたいして、医学書の記述は「心が吸収できる」「イメージ」だったからである。

プルーストは「真の楽園は、失われた楽園」(⑬四三九)だという。少年期の「コンブレー」という楽園を再創造しているのは、同じ「私」でも、影の薄い主人公ではなく、作家プルーストなのである。

第4章

スワンと「私」の恋愛心理

エテロの娘チッポラ（ボッティチェリ『モーセの試練』のラスキンによる模写）

1 「スワンの恋」はなぜ必要なのか

第一篇第一部「コンブレー」において少年の休暇ののどかな雰囲気に浸っていた読者は、第二部「スワンの恋」では一転してパリを舞台とする大人の愛憎劇を目の当たりにする。ユダヤ人でありながらパリ社交界の寵児となり、貴婦人から女中に至るさまざまな女と浮き名を流してきたスワンが、名士をパトロンとして暮らす「粋筋の女《ココット》」のオデットに惚れこむ。最初に会ったとき、「頬骨は高く突きだし」、「目は美しいが、大きすぎて自分自身の重みで垂れ」さがるオデットの風貌に、スワンは「むしろ生理的嫌悪」を覚える(②三九)。おまけに相手は、片言の英語を振りかざすのを粋とする悪趣味な女である。なぜプルーストは、スワンの恋の対象に、そもそも好みのタイプでもなく、憧憬に基づく恋もありえない女を設定したのだろう。

容貌や人格への憧れに基づかない恋

「スワンの恋」が特異なのは、古今東西の恋物語に見られる相手の容貌や人格への憧れをなんら含んでいない点である。ヴェルデュラン夫人のサロンに招待されたスワンは、オデットの恋人として歓待され、ふたりの「愛の国歌」として演奏されるヴァントゥイユの「小楽節」を聴くうち、いつしかその音楽を自分の「恋の証《あかし》」だと錯覚する（②八五–八六）。またあるとき、オデットがボッティチェリの描いた「エテロの娘チッポラにそっくり」（②九四、本章扉参照）だと気づいたとたん、「生理的嫌悪」を覚えた風貌がいとも貴重な芸術作品に見えてくる。スワンが恋したのは、現実の女ではなく、芸術趣味によって理想化された女性像なのである。

こうして芽生えた恋心を決定づけたもの、それは毎日のように会っていたオデットがある夜サロンから消え失せたときの不安である。スワンは大通りのレストランを隈なく探しまわり、「もはや自分が同じ人間ではないこと」（②一〇九）、つまり、わが身のうちに女に会わずにはいられない新たな自我が生じたことを自覚する。その夜スワンは、女が胸元に挿したカトレアの花のゆがみを直すふりをしてオデットをものにし、かくして「カトレアをする」という比喩はふたりにとって愛の営みを意味する符牒となる（②一一六–一二〇）。

ところがやがて恋敵があらわれ、袖にされたスワンは嫉妬にさいなまれる。しかしそんな苦痛もしだいに癒え、夢から覚めたスワンは、最後にこうつぶやく。「自分の人生を何年も台なしにしてしまった。〔…〕気にも入らなければ、俺の好みでもない女だというのに！」（②四一二）。

恋心の発生から終息までをたどる「スワンの恋」は、こうして元の木阿弥に終わる。この帰結から明らかなように、プルーストによれば恋とは想像力の病いであり、「この世の法則からして充たすのも不可能で癒すのも困難な」欲求、つまり「相手を所有したいという非常識で痛ましい欲求」(②二一四)なのである。

「スワンの恋」は三人称小説

一人称の回想談である『失われた時を求めて』のなかで、この挿話だけはスワンを主人公とする三人称小説とされる。おまけにこれは「私の生まれる前にスワンがした恋」(①三九四)だから、「私」の生涯とは完全に切り離されている。それゆえ本挿話は恰好のプルースト入門とみなされ、フランスではこれだけを収録した刊本が数多く出版されている。筆者も「スワンの恋」の抜粋からなる対訳本を出した。

とはいえ「スワンの恋」には、語り手「私」の声がはっきり聞こえてくる箇所がある。「スワンはひとり淋しく〔…〕不安にさいなまれるほかないのだが、その不安たるや、数年後にコンブレーでスワンが夕食にやって来る晩に私が感じる不安と同じである」(②二五一、傍点は引用者)。ここでほのめかされているのは、少年の「私」が母親にお寝《やす》みのキスをせがむ「コンブレー」のエピソードにほかならない。この一節に明らかなように、「スワンの恋」もやはり「私」が語っているのだ。それが可能となったのは、「私」がのちにこの恋の顚末を「細部まで正確に聞かされた」(①三九五)からだという。

しかし数箇所の「私」への言及をべつにすれば、「スワンの恋」はやはりスワンを主人公とする三人称体の物語に見える。作家は一人称の回想談という本長篇の原則を崩してまで、なぜ「私」が生まれる前の恋物語を挿入したのだろう。

長篇全体の雛型

作家がスワンの恋を描いたのは、田舎町コンブレーにおける「私」の少年期の描写とバランスをとるために、それと対照的なパリのサロンを舞台とする大人の恋物語を必要としたからではないか。また、のちにジルベルトやアルベルチーヌに憧れる「私」の初々しい恋とは対照的な大人の性愛にあっても、同じような苦悩と嫉妬が恋する者を襲うことを示そうとしたとも考えられる。語り手自身がさきの引用で予告したように「スワンの恋」は、「私」の不安の前触れなのである。

「スワンの恋」(一八八〇年前後)は、「私」の少年時代を語る「コンブレー」(一八九一年前後)より十年以上も前のできごとである。一方、大作の最終場面となるゲルマント大公邸におけるパーティー(一九二五年頃)は、その直前に語られた第一次大戦終結からさらに七年ほど後に設定されている(巻末「『失われた時を求めて』年表」参照)。この最終場面と「スワンの恋」は、物語の主要部分から遠く隔てられた両極に位置する回顧譚として、「私」の遍歴に時間的奥行きを与えているのである。

このような時間の経過をいちばん痛感させるのは、スワンの恋に逢い引きの場を提供したブルジョワの代表たるヴェルデュラン夫人が、小説の大団円では上流貴族の代表というべきゲルマント大公妃に成りあがることだろう。「スワンの恋」のサロンにすがたを見せた無名の若い画家は、第二篇では印象派の巨匠エルスチールとして再登場する。スワンとオデットの「愛の国歌」となったソナタの作者ヴァントゥイユは、第五篇では遺作となった七重奏曲の大作曲家としてあらわれる。

「スワンの恋」には、ヴェルデュラン夫人の主宰するブルジョワ階級のサロンとは対照的な、サン゠トゥーヴェルト侯爵夫人の貴族のサロンも描かれている。両方に顔を出すスワンが、ブルジョワと貴族の両サロンへ読者を案内する役目を担っている。後者のサロンに顔を見せるレ・ローム大公夫妻(夫のバザンはまだゲルマント公爵位を継いでいない)は、のちにゲルマント公爵夫妻として再登場する。「スワンの恋」は、本作で大きな展開を見せるブルジョワと貴族の両社交界をも遠くから予告し、時間とともに変貌する登場人物たちの最初のすがたを紹介する役割を果たしているのである。

2　「私」のジルベルトとアルベルチーヌへの恋

スワンの恋と比較して「私」の恋を見てみよう。思春期の「私」は、スワンの娘ジルベルトに恋心を寄せる（第一篇第三部「土地の名―名」）。しかしふとした行き違いから「私」はこの初恋の相手に会うのを断念する（第二篇第一部「スワン夫人をめぐって」）。ついで青年となった「私」は、海辺の保養地バルベックで出会った「花咲く乙女たち」のひとりアルベルチーヌに恋い焦がれる（第二篇第二部「土地の名―土地」）。「私」は娘からホテルの部屋へ誘われたにもかかわらず、接吻を拒否される（④六一―一八）。しかしのちに「私」はこの娘を恋人にし、あるきっかけで同居するに至る（第五篇『囚われの女』）。ところが半年あまり後、アルベルチーヌは「私」の家から出奔し、落馬事故で死んでしまう（第六篇『消え去ったアルベルチーヌ』）。

ともに不幸に終わる恋であるが、芽生えた当初の恋心はかぎりない憧憬に彩られていた。少年はノートにジルベルトの「名前と住所を際限もなく書きつけ」るばかりか(②四六二)、娘が買ってくれた「瑪瑙《めのう》のビー玉」に接吻し、それを抱いて寝る(②四八二)。海辺の断崖のうえで「花咲く乙女たち」と遊んでいると「私のまなざしが娘たちに探し求める甘く心地よい色彩や芳香はいつしか私のなかに溶けこんでしまう」(④五七二)。「イタチまわし」で遊んでいて「アルベルチーヌの手が軽く私の手に押しつけられ、その指が愛撫するように私の指の下にすべりこむ」と、「私」の心には「無数の希望が一挙に結晶」としてあらわれる(④五九三—九四)。

このふたつの恋は、主人公の成長と性的成熟を反映して対照的に描かれている。「私」はジルベルトから軽蔑されていると想いこんだ幼い日々には相手を「あきらめるだけの意志の力をまだ持ちあわせていた」が、アルベルチーヌにたいして「同じ自覚をしたときには、もはやその力はなく、〔…〕アルベルチーヌを無理やりひきとめることしか考えられなかった」(⑪三四八)という。しかし対照的なふたつの恋にも、「スワンの恋」の場合と同様、プルーストの変わらぬ恋愛観が見てとれる。

恋する対象は揺れうごく

プルーストにおける恋愛では、相手の容貌はさして問題にならない。オデットの容貌が例外的に詳しく描写されたのは、スワンにとってはそもそも「生理的嫌悪」を覚える顔立ちであったものさえ芸術愛好家としての目で見ると貴重な美術品と化すことを示すためであった。

それにひきかえ「私」の想いうかべる恋人像は、揺れうごいて定まらない。タンソンヴィルの生け垣ごしに初めて見かけたジルベルトは、「赤みをおびたブロンドの髪」の下で「黒い目」を輝かせていた(①三〇八)。ところが「私」の恋心が想いえがく娘の「目の輝き」はブロンドの髪とよく似合う「鮮やかな青」になってしまう(同上)。シャンゼリゼ公園で会う前夜に想いうかべたジルベルトの顔は「燃えるような両眼とふっくらしたつやつやの頬」を持っていたのに、翌日会ったとき目についたのは「細く鋭くとがった鼻」である(②四六四)。しばらく会わないでいると「私」にはジルベルトの「顔さえ想い出せ」ず、その「目鼻立ちがどのようなものだったか本当にわからなく」なる(③一四四‐四五)。

バルベックの海岸で最初に出会ったアルベルチーヌの風貌も定かではない。自転車を押して近づいてきた当の娘は「黒い「ポロ帽」の下にきらきら輝くからかうような目とふっくらした艶のない頬をのぞかせ」ていた(④三三四)。その「ポロ帽」が「トック帽」(④五〇二)に替わったり「無帽」(④四九二)だったりすると、それだけでもはや「私」は相手を識別できない。認識の頼りなさをことさら雄弁にものがたるのは、アルベルチーヌのほくろの位置である。当初

「私」はその存在にすら気づいていなかった。しかし気がついたとき「あご」(④四三八)に存在すると想いこんでいたそのほくろは、じつは「目の下の頬」(④四九六)にあることがあとで判明する。

ジルベルトの顔は想い出せない一方で、シャンゼリゼ公園の「回転木馬のおじさんや大麦飴を売るおばさん」の顔は「私の記憶のなかに変更の余地なき正確さで刻まれていた」という(③一四五-四八)。これはなにゆえかといえば、「私」の目が恋心によって乱されることがないからだ。語り手も「相手を愛していなければ、ふつうは動かないように固定できる。ところが愛《いと》しいモデルはその反対にすこしもじっとしていなくて、ピンぼけの写真しか撮れない」(③一四五)と説明する。「愛する女の堅固な素材をすべて提供してその目鼻立ちをつくりあげたのはわれわれ自身」(⑫一九六)にほかならないからである。

アルベルチーヌの人物像がぼやけているのはプルーストが女性を描けなかったからだ、自分が愛した男を作中で女に転換したにすぎないからだ、と批判する人がいる。しかし『失われた時を求めて』においては、「私」の憧れるスワン夫人やゲルマント公爵夫人など、魅力あふれる女性の描写にこと欠かない。プルーストはこう言う、「小説家が、ほかの登場人物にはさまざまな性格を描き分ける一方で、愛する女性にはなにひとつ性格を与えない配慮をするなら、それによって新たな真実をもうひとつ表明することになるかもしれない。われわれは無関係な人の性格には通じているが、われわれの人生と区別できずやがて自分自身と切り離せなくなる人の性格、その人の動機について絶え間なくあれこれ不安にみちた仮説を立ててはその仮説をたえず修正しているような人の性格など、どうして把握できるだろう?」(④五三七―三八)。恋の対象がぼやけているのは、作家の戦略なのである。

恋は「恐ろしいペテン」

もちろんプルーストも、幸せな恋の陶酔を語らないわけではない。スワンはオデットと結ばれた当初、相手に接吻の雨を降らせる。「このような恋の初期には、なんと自然に接吻が生まれることだろう! つぎからつぎへと湧き出すので、一時間に交わした接吻を数えようとしても、五月の野に咲く花と同じでとうてい数えきれるものではない」(②一二七)。「私」とアルベルチーヌが「恋人同士の生活」(⑨三七一)を送っていたとき、別れがたいふたりは、それぞれが滞在するバルベックとパルヴィルのあいだを「朝霧の降りる」まで何度も往復する(⑨三八一―八二)。

しかしスワンの恋といい、「私」の恋といい、本作における恋愛はすべて虚妄に終わる。スワンは、恋敵の出現でオデットからつれなくされ、嫉妬にさいなまれるが、その嫉妬には明白な根拠がない。「今夜はカトレアなし」とオデットの家から追い払われたスワンは、これは恋敵との逢い引きの準備ではないかと疑心暗鬼になり、ひき返して鎧戸を叩くが、それは隣家だった(②二〇二―〇七)。語り手は、スワンが嫉妬に苦しむのは「間違って解釈された可能性のある状況に基づきオデットがほかの男と通じていると想定される瞬間だけ」(②二二三)である、と冷静な注釈を加えている。

「私」がジルベルトをあきらめたのは、相手がダンスのレッスンへ出かけるのを妨げられて不機嫌になったからである。「私」はジルベルトから邪魔者扱いされていると想いこみ、相手が「あなたのこと、ほんとに好きだったのよ、いつかあなたにもわかる日が来るわ」と言うのも信じず、二度と「会わない決心」をする(③三四五)。

アルベルチーヌへの恋では、「私」は恋人の女性同性愛(プルーストのいう「ゴモラ」)を疑い、それを阻止しようと必死になる。しかしこの疑惑についても、語り手は「私」の勘違いの可能性をほのめかす。「私」の心に最初の疑念が芽生えたのは、アルベルチーヌが女友だちのアンドレとダンスをしていたとき、そばにいた医者コタールが「あのふたりは間違いなく快楽の絶頂に達していますよ」と指摘したからである。しかしそのとき作家はコタールに「鼻メガネを忘れてきたんでよく見えんのですが」と言わしめている(⑧四三五)。これは医者の指摘が信頼できないことを示唆しているのではないか。

第四篇『ソドムとゴモラ』の末尾で「私」は、アルベルチーヌの口からヴァントゥイユ嬢の女友だちとの親交を知らされ(⑨五八一)、ふたりの同性愛的関係を確信し、それを阻止すべく恋人を自宅に閉じこめる。しかしコンブレーの郊外でのぞき見た場面は、ヴァントゥイユ嬢とその女友だちの同性愛を証明するものではあるが、なんらアルベルチーヌの同性愛の証拠たりえない。おまけに第五篇『囚われの女』になるとアルベルチーヌは、以前ヴァントゥイユ嬢の女友だちとの親交を告白したけれどあれは「嘘」で、「あたし、あなたから退屈な女だ、頭の弱い女だと思われてるような気がしてたんで、そんなお嬢さんたちとつき合いがあって、ヴァントゥイユの作品について詳しいことを教えられると言えば、あたしもあなたの目にすこしは立派に見えて、もっと親しくなれる、ってそう考えたの」と告白する(⑪三三二)。この相矛盾するアルベルチーヌの発言のうち、どちらが正しいのだろう。プルーストは意図して、読者がそれを判断できない書きかたをしているとしか考えられない。

これら三様の恋においてスワンも「私」も、根拠のない嫉妬に翻弄される。プルーストが一貫して描いたのは、「恋というものがいとも恐ろしいペテン」(⑦七四)であることだろう。なぜなら恋は「われわれを外界の女性とではなく、まずはこちらの脳裏に棲まう人形とたわむれさせる」（同上）からであり、「愛の対象となった人間とは、われわれが自分の愛情を外部へ投影する茫漠とした広大な場所にすぎない」（⑫一八〇）からだ。

恋愛は、愛する人を隅々まで知りたい、他者を完全に所有したいという「非常識で痛ましい」（②一一四）欲求だから、人間心理を解明する『失われた時を求めて』の中心に据えられたのである。

3　スワンと「私」に内在する分身の声

恋心に駆られ嫉妬にさいなまれるスワンや「私」は、かくして理性を喪失した人間として描かれる。スワンはオデットと結ばれて有頂天になったとき、ふたりの出会いの場を提供してくれたヴェルデュラン夫人のサロンを高く評価して、こう考える。「なんてすてきな人たちだろう」、「あそこには、要するに本物の暮らしがある！　社交界の連中より、はるかに頭がよくて芸術のわかる人たちだ！」（②一四九）。しかしスワンが夫人のサロンをこれほど褒めそやしたのは、恋心ゆえに目がくらんでいたからで、オデットにふられてサロンから追い出されたとたん、ヴェルデュラン夫人への評価は一変する。「あれで芸術を愛しているつもりとは！〔…〕淫売屋のおかみ、やり手婆あ！」（②二三二、傍点は原文）。

ジルベルトに恋した「私」は、娘の父親にも憧れ、その癖を真似して「食卓でたえず自分の鼻をひっぱったり、両目をこすったり」する（②四八七-八八）。ところがジルベルトとの交際にスワンが反対していることを知ると、そんな崇拝は影を潜める。いまだ幼い「私」の振る舞いはほほえましく感じられるが、女遊びの経験が豊富で芸術にも目の利くスワンがこれほど豹変するとは、やはり「恋は盲目」なのである。

恋するスワンの分身の声

ところがそうした激情の奔流にのまれる最中にも、スワンと「私」には、ふと冷静な内心の声に耳を傾ける一瞬がある。このあまり注目されることのない瞬間を検討しよう。

いつでも会えると想いこんでいたオデットが、ある夜、ヴェルデュラン夫人のサロンから消え失せ、慌てたスワンがプレヴォーの店へと探しに出かけたとき、激情に翻弄されながらも、脳裏にこんな考えがうかぶ。「プレヴォーの店でオデットに会えるという可能性がかりに実現したとしても〔…〕、ほかの出会いと同様のじつに取るに足りないものになるとの想いがかすかに脳裏をよぎった」(②一一〇)。

ふたりが結ばれた当初、毎晩オデットを訪ねて官能の陶酔を味わっていたときも、恋人の家からの帰途、スワンはこんな分身の声を聞く。「この帰り道のこと、月が自分から見ていまや位置を変え、ほとんど地平線の端にまで移動しているのにふと気づく。するとスワンは、自分の恋もまた、悠久不変の自然法則に従わざるをえないのを感じて、このような時期がはたして今後も長くつづくのだろうか、あの親しい顔もやがておのが思考の目には遠くの小さな位置を占めるだけとなり、もはや魅力をふりまくこともなくなるのではないかと自問した」(②一二九)。

恋敵への嫉妬に狂う最中にも、スワンには冷静な一瞬が訪れる。「ときにスワンは、オデットの日常の行動はそれ自体で心をそそられるほどに興味ぶかいものではなく、ほかの男と結んでいるかもしれない関係も、一般的にいってすべての人間にたいして自殺を誘うほどの病的な悲しみをおのずと発しているわけでないと考えた」(②二一四)。

恋心の発生から嫉妬の地獄へ至るまで、このようにスワンはおのが恋心を冷静に分析する内心の声を聞く。これは女好きのスワンが、上流社交界の貴婦人から下層階級の女中までを相手に「経験した情事」(②三四)ゆえに身につけた知恵なのだろうか。そう解釈することもできるが、私はそうは考えない。というのも同様の冷静沈着な内心の声は、ジルベルトへ恋心を寄せるうぶな少年の「私」にも認められるからである。

恋する「私」の内心の声

ジルベルトに憧れる「私」にも、つぎのように冷静かつ皮肉な内心の声が生じる。「私はノートというノートのあらゆるページに、その名前と住所を際限もなく書きつけていた。とはいえそれを見ると、このように取るに足りない文字を書き連ねたところでジルベルトが私のことを考えてくれるわけではなく、その文字で私の身近に存在するように見えたからといってジルベルトが今まで以上に自分の人生の一部になるわけでないとわかり、私は意気消沈した。この文字の語っているのが、それを目にすることさえないジルベルトのことではなく、私自身の欲望にすぎないことがわかったから〔…〕である」(②四六二)。

少年の「私」は、元日にはこんな想いにとらわれる。「夜の帳《とばり》が下りるころ芝居の広告塔の前で足を止めると、ラ・ベルマが一月一日に演じる出し物のポスターが貼られていた。湿っぽい穏やかな風が吹いている。これは私の知っている天気だ、と思うと、ハッと予感がした。元旦はほかの日と異なる日ではない、新たな世界の始まる日ではない、と感じたのである。私としては、この新たな世界で、いまだ白紙の可能性を秘めたジルベルトとの交際をやり直せるのではないかと考えていた。〔…〕ところが私の心が、充たされなかった周囲の世界の一新を願ったのは、ほかでもない私の心に変化がなかったからだと私は悟った。そうだとするとジルベルトの心がそれ以上に変わる理由はない」(③一四〇-四一)。

恋心にもだえながらも恋の実態を冷徹に見つめる分身は、アルベルチーヌに捨てられた「私」の内心にもあらわれる。「私はもはや将来にひとつの希望しか持たなかった、それは――不安よりもはるかに胸を引き裂く希望であったが――アルベルチーヌを忘れることだった。自分がいつの日かアルベルチーヌを忘れてしまうことは知っていた。ジルベルトのこともゲルマント夫人のこともすっかり忘れたし、祖母のこともすっかり忘れた」(⑫一五一)。

このように悟りきった内心の声が、数々の恋愛を体験してきたスワンのみならず、初々しい恋に心をときめかす少年の「私」にも、同棲した恋人に捨てられた「私」にも認められるのは、なにゆえであろうか。

ふたりの想いに浸透する語り手の叡知

興味ぶかいのは、このようなスワンの明晰な自己認識のあとに、しばしば語り手の注釈が加えられることである。その一例を見ておこう。「スワンは自分の病いを、研究のためにわが身に菌を植えつけた病いのように明敏に考察したうえで、この病いが癒えたらオデットの行為にも無関心になるだろうと考えた。ところが病的状態にあったスワンは、じつをいえばそのような治癒を死と同じほどに怖れていた。治癒するのは、実際のところ現在の自分をすべて抹殺するに等しいからであった」（②二五六‐五七）。

この一節で、前段において「この病いが癒えたらオデットの行為にも無関心になるだろう」と明敏な自己分析をしたのは、主語と動詞に明らかなように主人公スワンである。ところが後段においてスワンが「じつをいえばそのような治癒を死と同じほどに怖れていた」と解説しているのは、スワン自身ではなく、語り手にほかならない。恋する自分自身に明敏な省察をくだす前段のスワンは、後段でその心理を分析する全知全能の語り手の叡知をいくばくか共有しているのではなかろうか。

炯眼《けいがん》の主人公と全知の語り手とのこのような共存は、ジルベルトに恋する「私」にも認められる。ジルベルトから贈られた「瑪瑙《めのう》のビー玉」をめぐるつぎの一節がその好例である。

私は瑪瑙のビー玉に接吻した。それが友の心の軽薄でなく忠実な最良の部分をなし、ジルベルトの暮らしという神秘的魅力をまとって私のそばにあり、私の部屋に住み、私のべッドに寝てくれるからである。〔…〕ところが私が気づいたのは、これらの美しさは私の恋心以前から存在し、なんら恋心と似たところがなく、その美を形づくる要素はすべて才能なり鉱物学上の法則なりによってジルベルトが私を知る以前に定められていたものであり、たとえジルベルトが私を愛する事態がなかったとしても、〔…〕この石もなんら変わるところなく存在したはずで、それゆえ私にはそこに幸福のメッセージを読みとる権利がないことだった(②四八一)。

「私」は恋の最中にも冷静な明晰さを発揮して、ジルベルトから贈られた瑪瑙玉は一個の鉱物にすぎず、それ自体なんら「幸福」を約束するものでないことに「気づいた」。とはいえその「気づいた」内容を「美を形づくる要素はすべて才能なり鉱物学上の法則なりによってジルベルトが私を知る以前に定められていたものであり、たとえジルベルトが私を愛する事態がなかったとしても、〔…〕この石もなんら変わるところなく存在したはず」だと厳密なことばを用いて説明しているのは、少年の「私」自身であるよりも、むしろ少年の想いを報告している語り手(とその背後の作家プルースト)だと考えるべきではないか。ここでも「私」の認識は、語り手の叡知を共有していると解釈できるのである。

前章では、影の薄い「コンブレー」の少年のかたわらに、「失われた楽園」を多彩なことばで記述する作家の存在することを指摘した。スワンの恋をはじめ、「私」のジルベルトやアルベルチーヌへの恋においても、情熱に駆られ嫉妬に翻弄される者の脳裏に、自己の恋心を冷静に分析し、恋愛の虚妄を悟る分身の声が立ちあらわれる。

しかし恋の情念に翻弄されながらも、ときにその虚妄に気づく明晰さを持ちあわせているのは、『失われた時を求めて』の登場人物だけではない。プルーストは本作のなかで、ラシーヌの『フェードル』を頻繁に引き合いに出す。古代ギリシャの王妃フェードルが義理の息子イポリットへ寄せる道ならぬ恋心の葛藤を主題とする十七世紀の古典悲劇である。とりわけ第六篇では、アルベルチーヌへの恋心に揺れる「私」の葛藤が、イポリットに恋心を打ち明けるときのフェードルの葛藤と重ねあわされている⑫一〇二以下)。

ギリシャ悲劇において筋の進行をものがたる役割を担ったコロスは、十七世紀の悲劇にはもはや存在せず、ヒロインはわが心をひき裂く情念と理性との葛藤をみずから語らざるをえなかった。イポリットが愛しているのはアテナイ王家の血をひくアリシー姫だと知ったフェードルは嫉妬に狂い、「アリシーを亡きものにせねばならぬ」、「嫉妬の勢いにまかせて夫にそれを嘆願しよう」と思いつめながらも、そんな自分自身をふと省みて、こう述懐する。「わたしはなにをしているのか？　わが理性はどこまで狂うのか？／わたしは嫉妬に狂い、テゼに嘆願せんとしている！／夫は生きているのに、わたしはなおも恋い焦がれている！／だれに？　わたしの願いが求めているのはだれの心？／このひとことひとことにわが髪は額のうえに逆立つ。／わが大罪は限界を超えた」（『フェードル』四幕六場）。

スワンや「私」が恋心の葛藤を冷静に振りかえる内心の声は、すでにこのフェードルの告白のなかに表現されていたと言えよう。ここでも「わが大罪は限界を超えた」というヒロインの述懐には、作者ラシーヌの認識が反映しているように感じられる。『失われた時を求めて』における作中人物の心理の自己分析は、フランス文学における心理分析の伝統に深く根ざし、それをさらに精緻にした成果なのである。

第5章

無数の自我，記憶，時間

フェルメール『デルフトの眺望』

前章で見たように、スワンは幸福だったときにはヴェルデュラン夫人について「あそこには、要するに本物の暮らしがある！」（②一四九）と絶讃していたのに、サロンを追い出されたとたん、「淫売屋のおかみ、やり手婆あ！」（②二三二）と悪態をつく。スワンがこのように豹変するのは「恋は盲目」だからであるが、本人自身は変化したわけではないと考えるのが常識であろう。ところがプルーストはそこに、古い自我の死滅と新たな自我の誕生を見る。

毎日のように会っていたオデットが目の前から消え失せたことで、抗《あらが》いがたい恋心が芽生えたとき、スワンは「もはや自分が同じ人間ではない」（②一〇九）と、新たな自我の誕生を自覚する。俗に言う「まるで人が変わったみたい」という表現は、じつは正鵠《せいこく》を射ているのだ。

恋敵の出現によって破局を迎えたはずのふたりの関係は、意外にも結婚へと発展する。ただしプルーストはこの結婚にも、スワンの自我の死を見ている。「オデットと生涯にわたって暮らしたいとあれほど願いながらそれが叶わず絶望していたスワンの内なる存在は、すでに死んでいた」（③一〇九）というのだ。

主人公の「私」の場合はどうか。プルーストは、恋愛と社交に明け暮れる身勝手な人間に見える「私」の内面を見すえたうえで、人間の自我がいかに無数の死から成り立っているかを明らかにする。

1　恋愛における無数の自我

恋する自我の死

恋愛における自我の死は、「私」のアルベルチーヌへの恋に最も顕著にあらわれる。バルベック海岸で出会った「花咲く乙女たち」のひとりアルベルチーヌに憧れていた「私」は、相手を「囚われの女」にして同居を始めたとたん、「もはやアルベルチーヌを愛していなかった」(⑩四六)と述懐する。「灼熱の浜辺の大女優と言える存在」であったアルベルチーヌが「籠のなかの鳥」(⑩一四六)と化してしまうと、恋心は消滅し、「私」は無関心になる。

ところが半年あまり後、恋人がいきなり出奔し、やがて落馬事故によるその死が知らされると、今度は無数のアルベルチーヌがありありとよみがえる。その日「私」の脳裏には、夕方から夜、そして夜明けへと時刻が移りゆくにつれて、同じ時刻にかつてバルベックやパリで共にすごしたありし日のアルベルチーヌが深い詩情を伴ってよみがえる(⑫一四三-八四)。語り手は

「アルベルチーヌが私の心中でこれほど真に迫って生きていたことは一度もない」（⑫一四二）とまで言う。生きていたときは心中に不在であった恋人は、事故死が知らされた日、「私」の心中に生き生きと存在しはじめたのである。

それゆえ語り手は「心の平静をとり戻すには、ひとりのアルベルチーヌではなく、無数のアルベルチーヌを忘れなければならなかった」（⑫一四二-四三）と嘆く。しかし忘れなければならない「無数のアルベルチーヌ」は、ほかでもない「私」のうちに存在する。忘れなければならないのは、「無数のアルベルチーヌ」を愛した無数の「私」でなくてなんであろう。ここで参照すべきは、「私」がジルベルトを忘れようとしたとき、その努力が「自分のなかでジルベルトを愛する自我を残酷にもじわじわと自殺に追いやることに執念を燃やしつづけていた」（③三九八）と説明されていることだ。アルベルチーヌをめぐる忘却もまた、無数の自我の継起的な殺害なのである。

共存する複数の自我

このような時間の経過に拠らずとも、恋する者のなかに複数の自我が共存することもありうる。前章で検討したように、恋心に翻弄されている最中にスワンや「私」の脳裏をかすめる明晰な分身の声も、複数の自我の共存する一例であろう。

アルベルチーヌが出奔した直後、焦燥と不安に駆られた「私」は、どうしたら連れ戻すことができるのか、はたして戻ってきてくれるのだろうかと自問する。そのとき「私」には、相矛盾する複数の自我があらわれる。恋人が出奔したのは自分に結婚を迫るためだと「私」が考えたとき、「憐れみ深いわが理性が、そう私に告げながらも」、経験に基づくもうひとりの「私」はそうではないと感じる⑫三〇-三一)。アルベルチーヌは戻ってきてくれるのか、「私の理性はときには平気でそれを疑問視することができたが、私の想像力は片時も休まずアルベルチーヌの帰還を想い描いていた」(⑫一三九)という一節もある。

さらに「私」は、階上からジュール・マスネのオペラ『マノン』の調べが聞こえてきたとき、アルベルチーヌがマノンと同じく自分を「わたしの心がただひとり愛した人」とみなしてくれる気がするけれど、もうひとりの「私」は、ただちにそんな「甘い気分に身をゆだねる気にはなれなかった」と述懐する(⑫八八)。恋心に揺れる「私」のうちには、感性や理性や想像力という形をとって複数の自我が共存しているのである。

2　自我はつねに無数

スワンと「私」のうちに出現したこのような複数の自我は、恋愛にかぎって認められるものではなく、本篇に描かれた登場人物のさまざまな局面にもあらわれる。そうした多様な自我のあらわれのうち、まずは時間の経過によって生じるものを、ついでほぼ同じ瞬間に共存するものを検討しよう。

季節や日々や時刻による自我の交替

恋心の変化に拠らずとも、季節や天候が変わるだけで、「私」はすっかり生まれ変わることがある。第三篇『ゲルマントのほう』のつぎの一節には、好天時の「遠心的人間」から「冷たい霧」のもと「閉じこもって炉端や共寝のベッドを欲する人間」への転換がみごとに語られている。「その日は秋の単なる日曜日にすぎなかったが、私は生まれ変わったばかりで、目の前には真っ新《さら》な人生が広がっていた。あたたかい日がしばらくつづいたあと、その日の朝には冷たい霧が広がり、それが昼ごろまで晴れなかったからである。世界とわれわれが新たに再創造されるには、天気が変わるだけで充分なのだ。〔…〕目覚めた私は、霧のせいで、天気がいいときのような遠心的人間ではなく、この一変した世界に適合する、閉じこもって炉端や共寝のベッドを欲する人間、出不精のイヴを求める寒がりのアダムになっていた」(⑦二一―二二)。語り手が言うように「私は生まれ変わった」のである。

ひと晩の睡眠だけで新たな自我へと生まれ変わる場合もある。「私」は同居するアルベルチーヌに、「いっしょに出かけなければ仕事にとりかかる」と毎日のように約束する。ところが「翌日〔…〕べつの天気、異なる気候のもとで目を覚ました」「私」は「新しい国に上陸したときには仕事など手につかない」と言い訳をし、仕事を日延べしてしまう(⑩一七七)。

コンブレーの少年は、昼間は「ゲルマントのほう」を元気に散歩していたのに、夜が近づくとお母さんのお寝みのキスを奪われる悲しみにうちひしがれる。一日のうちの一定の時刻に、きまって自我の交替が生じるのだ。「このようにゲルマントのほうのおかげで、私は心のうちに継起するこの二つの状態を区別する術を教えられたのである。それぞれ一定のあいだ持続して一日を二分し、まるで身体の発熱のように一定の時間になると一方が戻って他方を追い出すので、両者は隣り合っているとはいえ画然と区分され、いっさい相互に交流する手立てがない。それゆえ私は、一方で願ったり怖れたり成し遂げたりしたことでも、もはや他方では理解することはおろか想いえがくこともできない始末だった」(①三八九‐九〇)。

コンブレーの老人とソナタの作者

プルーストの小説において複数の自我の共存がとりわけ強調されているのは、芸術家のうちに存在する日常の自我と創作の自我の場合である。

ヴェルデュラン夫人のサロンで聴いた「嬰ヘ調のソナタ」(②六〇)に感動したスワンは、その作者の名は「ヴァントゥイユ」だと教えられる(②七一)。そのときスワンはコンブレーでつき合いのある元ピアノ教師が同じ名前であったことを想い出すが、そのしがない老人が偉大なソナタの作曲者だとは信じられず、「天才が老いぼれのいとこってこともありえますから」(②七六)と一笑に付す。

その後コンブレーで元ピアノ教師と出会って別れたあと、スワンは「氏と同じ名前で、親戚のひとりと思われる人物について訊いておきたいことがあったのを想い出し、今度、娘をタンソンヴィルに寄こしたら、どうしても訊くのを忘れないようにしよう」(①三二七)と心に決めるが、それは実現しない。もともと風紀の乱れに厳格なヴァントゥイユは、「身分違いの結婚」をして粋筋《ココット》の女を妻としたスワンを避けていたが、娘の同性愛の相手が家に住みついたことで、自分と娘は社会的地位として最低ランクの人間になってしまったと落ちこんでいた。そんな氏にスワンは「社交人士特有の高慢な慈悲心」から声をかけ、「お嬢さんをタンソンヴィルに遊びに寄こしてくださらないか」と誘った。以前なら憤慨したこの招待にヴァントゥイユは「感謝の気持でいっぱいになった」が、謙虚な心から「こんな招待を受ける無遠慮なマネはすべきではない」と思いなおし、「その好意をそっとしまっておくプラトニックな心地よさを味わった」という(①三二四–二五)。ふたりの心理の綾がみごとに浮き彫りにされたこのすれ違いのせいでスワンは、生涯、コンブレーの老人とソナタの作者が同一人物であることを知らないまま、第五篇でヴァントゥイユの遺作が演奏される前に世を去る。

この挿話には、プルーストが『サント＝ブーヴに反論する』で提示した命題、つまり芸術家のうちに共存する日常の自我と創作の自我とのあいだには深い溝があるという命題が、実例として示されている。これについては第10章でふたたび採りあげたい。

主体でも客体でもあるスワン

『失われた時を求めて』のなかには多くの夢が描かれている。しばしば夢が、覚醒時には隠れている自我を露わにするからであろう。なかでも興味ぶかいのは「スワンの恋」の末尾でスワンが見るオデットの夢である(②四一五—一九)。第9章で検証するようにプルーストとフロイトには直接の影響関係は認められないが、スワンの夢の記述は、欲望の象徴たる波しぶきといい、人物の置き替えといい、時間の圧縮といい、同時代に『夢判断』の精神分析家が提起した論点と驚くほど合致する。

とりわけ複数の自我と関連するのは、夢に出てくる「トルコ帽の若い男」(②四一六)である。オデットが「ナポレオン三世」(じつは恋敵フォルシュヴィルの置き替え)と示し合わせたように帰ってしまうと、トルコ帽の「見知らぬ若い男」が泣き出す。そこでスワンは「楽になるようトルコ帽をとって」やって、「悲しむようなことでしょうか」と相手を慰める。この「若い男」はじつはスワン本人で、プルーストはスワンが「わが人格」を「夢を見ている自分」と「目の前に見えるトルコ帽をかぶった男」の「ふたりの人物に分かち与えた」とこの夢を解釈する(②四一七—一八)。夢では、自己が主体でありながら客体にもなりうることが示されたのだ。さらにフロイト流に「トルコ帽」は男性器の象徴であるとすれば、それをとり去るのはみずから戦線撤退を認めたものとも解釈できる。スワンの夢は、抑圧されたリビドーの意識化によって抑圧からの解放をめざす精神分析の手法と同様の軌跡をたどっているのである。

死者でも生者でもある祖母

自己が主体にも客体にもなるのは、第四篇『ソドムとゴモラ』における二度目のバルベック滞在中、死んだ祖母の夢⑧三五九–六四)を見る「私」にも当てはまる。いや、一般に、自分自身が登場するあらゆる夢は、行動する主体である自己を客体として眺めることのできる貴重な機会になると言えよう。

さてこの夢で「私」は、「祖母は死んだあと、ぼくからすっかり忘れ去られたと思っているにちがいない」(⑧三六一)と考え、祖母の死を明確に自覚しているのだが、にもかかわらず生存中の祖母を訪ねようとしている。夢のなかに登場する父親までが(これも夢を見る「私」がつくりあげた存在であるからか)、「お祖母さんは、ときにお前がどうしているかとお訊きになる。お前が本を出すことも伝えておいた。嬉しそうだったよ、涙をぬぐっておられた」(同上)と、あくまで祖母が生きている前提で話している。この夢において亡き祖母を想う「私」の悲痛な心が胸を打つのは、夢のなかでは死者も生きているからだろう。

死者も生者であることは、この夢を見る日の昼間に「私」に生じた回想にも当てはまる。この日バルベックのホテルに到着した「私」は、靴をぬごうとして「ハーフブーツの最初のボタンに手を触れたとたん」、最初のバルベック滞在時にブーツをぬがせてくれた祖母をありありと想い出す(⑧三五一)。よみがえったのは、その死後に「私」がしばしば語ったり考えたりした祖母(意志による記憶)ではなく、「意志を介さず完全によみがえった回想のなかで、生きたその実在が見出された正真正銘の祖母」(⑧三五二)だという。これは、あのマドレーヌの挿話とも共通する無意志的記憶のあらわれと考えるべきだろう。

この挿話でさらに重要なのは、よみがえった祖母は「私であると同時に、私以上の存在」(⑧三五二)だという語り手の指摘である。なぜなら、よみがえったのは祖母その人ではなく、祖母とともに生きていたありし日の「私」にほかならないからだ。また昔日の「私」をよみがえらせたのは現在の「私」であるから、この瞬間の「私」は、いわば過去と現在を超越し、一種の永遠の時を生きているといえる。よみがえった祖母が「私」自身にほかならないという認識は、マドレーヌ体験における「このエッセンスは〔…〕私自身なのだ」(①一一二)という命題と合わせて理解すべきだろう。

主人公である「私」と一言で片づけられる存在にも、このようにいくつもの自我が重層的に潜在している。プルーストは「私」のさまざまな経験を通じて人間存在の複雑な重層性を読者に体験させてくれるのだ。

3　記憶と時間

とはいえ人は、自己のうちに無数の死が生じているとは考えず、自分は生まれてこのかた変わりなく自分自身だと信じて疑わない。プルーストによれば、それは忘却が介在しているからである。人はわが身に自我の交替が生じたことに気づかず、時間は過去から未来へと途切れず一直線に進行するものと信じている。自我は無数だというプルーストの認識には、じつは記憶と時間がからんでいるのだ。

無数の死と記憶

第六篇『消え去ったアルベルチーヌ』に語られているように、「私」の恋は無数のアルベルチーヌを忘れることによって終焉を迎えた。愛する人を失った悲嘆は、もとより容易に忘れることはできない。しかし喪失の衝撃がそのまま未来永劫つづくのでは人は生きてゆけない。最愛の人の忘却は、たしかに残酷な認識ではあるが、同時に大きな救いでもある。

無数の自我が死ぬということは、すなわち以前の自我を忘却する現象でもあるから、そこには記憶がからんでいる。プルーストのいう無意志的記憶も、完全な忘却の期間があるからこそ生じる現象なのである。人はなにを忘れ、なにを想い出すのだろう。それは偶然の結果というほかない。記憶の偶然性について語り手はこう言う、「記憶というのは薬局や化学実験室のようなもので、行き当たりばったりに手を伸ばすと、あるときは鎮静剤に、あるときは危険な毒薬に手が触れる」(⑪四六三)。

記憶のありようは、同じできごとでも自分と他人では異なる。「私」は自分がすっかり忘れていた些事をノルポワ大使が憶えていたことに驚愕する。「大使が帰ってしまって私が聞かされたのは、氏が昔の一夜のことをほのめかし、「あの子が自分の両手に接吻しそうになった瞬間を見た」と語ったことである。私は耳まで真っ赤になったが、それだけではなくノルポワ氏が私のことを話題にしたやりかたや氏の記憶の中味までが私の想いこみとあまりにもかけ離れているのを知って、仰天した。この「陰口」は、人間の精神を織りなす放心と注意の、記憶と忘却の予想外の釣り合いについて私の蒙をひらいてくれた」(③一一二)。

もとより瑣末なことまで記憶していちいち心にとどめていては、日常生活にも支障をきたす。プルーストが言うように「記憶というものは、人生のさまざまなできごとの複製をつねに眼前に掲げてくれるわけではなく、むしろひとつの虚無と言うべきで、われわれは現在との類似のおかげで、死滅した想い出をときに記憶からよみがえらせて取り出しているのだ。ところがこの記憶の潜在能力のなかには収まらず、われわれが永久に点検できない小さな事実がなおも無数に存在する」(⑩三二八–二九)。

睡眠や死からの復活

プルーストによれば自我の死は、恋愛や特殊な状況でのみ生じるものではなく、毎日われわれの身におこっている。その典型例が睡眠である。睡眠中には「たしかに中断が〔…〕、死があった」はずなのに、なぜ前日と同じ人間がよみがえるのかと問うて、作家はこう言う、「目覚めてふたたび考えはじめたとき、われわれの内部に体現されるのが、なぜ前の人格とはべつの人格にならないのか？　何百万もの人間のだれにでもなりうるのに、いかなる選択の根拠があって、なにゆえ前日の人間を見つけ出せるのか不思議である」(⑤一八八)。

この問いに、プルーストは記憶の介在を指摘して、こう答える。「目覚めるさいの——眠りというこの恵みぶかい精神錯乱の発作のあとの——復活という現象は、つまるところ、人が忘れていた名前や詩句や反復句《ルフラン》を想い出すときに生じることと似ているにちがいない」(同上)。

プルーストが端倪《たんげい》すべからざる作家である所以は、睡眠という一時的な死からの復活という問題の背後に、死後の復活という問題をも見すえている点にある。

さきの引用につづけて作家はこう指摘する。「そうだとすると死後の魂の復活も、ひとつの記憶現象としてなら理解できるかもしれない」(同上)。この言辞は、魂の復活は「記憶現象」としてでなければ「理解」できないとは言わないまでも、キリスト教の教義にたいする根本的懐疑を含んでいるように感じられる。

そもそも『失われた時を求めて』には、キリスト教でいう死後の復活は語られていない。それが示唆されるのは、「オランダ派展」(⑩四一五)を訪れた作中の作家ベルゴットがフェルメールの『デルフトの眺望』(本章扉参照)に描かれた「小さな黄色い壁面」を感嘆して眺めるうち発作に襲われて死んだときである。そのとき語り手は「永久に死んだのか？　だれがそう言えよう？」(⑩四一七)と問い、死後における作品の復活を語る。「葬儀の夜、ひと晩じゅう明かりの灯った本屋のショーウインドーに、その本が翼を広げた天使のように三冊ずつ飾られて、通夜をしているのが、もはやこの世にない人にとって復活の象徴となっているように思われた」(⑩四一九)というのだ。プルーストにとって魂の復活は、芸術作品こそが実現すると示唆しているように読める一節である。

外在化した時間

かくしてわが身には日常的に無数の死が生じているのに、われわれは自己を連続したものと考え、その自己を過去から未来へと一直線に向かう時間のなかに位置づけている。たしかに時計の針が指し示す時間は一直線に進むが、「時間」そのものは目に見えない。「そこで小説家は、時間の流れを感じられるように、時計の針の動きを途方もなく速めて読者に十年、二十年、三十年という歳月をわずか二分で通過させる」(③一三〇)とプルーストは言う。

この「十年、二十年」という歳月を「わずか二分で通過させる」手法を本作に適用した典型例は、最終篇におけるタンソンヴィル滞在(一九〇〇年代後半)からゲルマント大公邸のパーティー(一九二五年頃)のあいだに介在する空白である。この歳月は、「このあいだ私は、書くことを完全にあきらめ、治療のためにパリから遠く離れた療養所ですごした」(⑬一〇二)とか、「多くの歳月が経過し、ようやく私はその療養所を出た」(⑬四〇四)とか、わずか一、二行で表出される。「私」はその途中、一九一四年と一九一六年の二度、一時的にパリへ戻ってくる(⑬一〇二)。それ以外に「私」が療養所でなにをしていたのかは黙して語られない。しかし本作の冒頭「長いこと私は早めに寝《やす》むことにしていた」という「不眠の夜」は、その期間にタンソンヴィル滞在までの生涯を想い出していることから、第3章で述べたようにこの療養生活のうちに位置づけられるのではないか、と筆者は考えている。

さて最終場面のゲルマント大公邸において「私」は、久しぶりに目の当たりにした人物たちの風貌にその人と識別できないほどの老化が刻印されていることに驚く。目に見えない二十年近い時間は、見る影もなく変わり果てた登場人物たちの風貌のうえに外在化され、可視化されたのである。

内在化した時間

しかしわれわれが生きている時間は、かならずしも時計の針のように一直線には進まない。日々の暮らしのなかでも、過去を想い出したり未来を考えたりと、心のうちに経過する時間はしばしば転倒する。たとえば「かつて読んだ本の表紙」のタイトルを見ると、「遠い夏の夜の月明かり」が想い出される(⑬四七六)。少年の「私」は、「バルコニーの陰鬱な石」の床が「みるみるうちに黄金色となって」、そのうえに「精巧な細工の欄干の影が黒くくっきりと浮き出る」(②四五四-五五)のを目にとめると、やがて公園でいっしょに遊べるジルベルトを想いうかべる。プルーストが言うように「一時間はただの一時間ではなく、さまざまな香りや音や計画や気候などで満たされた壺」(⑬四七七)なのである。

このような内在化した時間を最も大掛かりに顕在化させたのは『消え去ったアルベルチーヌ』であろう。その冒頭、ある朝、女中から「アルベルチーヌさまはお発ちになりました！」(⑫二三)と告げられ、「私」は耐えがたい苦痛に襲われる。その脳裏には、苦痛を和らげるため自分に言い聞かせる「こんなのは大したことじゃない」(⑫二四)ということばをはじめ、恋人の望みは「私がアルベルチーヌと結婚する決意を固めることなのだ」(⑫二九)とか、そのためには「執着している素振りを見せることなく」(⑫四四)手立てを講じる必要があるとかの想いが、刻一刻と去来する。このとき「私」の内部には、さきに検討したように「無数の自我」が介在しているが、べつの観点から見れば、開巻二十数頁を経てようやく「私」が「起きあがったのはこれがはじめて」(同上)だとわかるように、内在化した時間の経過は緩慢である。その後の「数ヵ月」も、「つぎからつぎへと生起したあらゆるできごとの想い出」のせいで「一年よりもはるかに長いものに感じられた」(⑫三八九)という。

ところが、激しい苦痛をひきおこしたアルベルチーヌの失踪と死を「私」はしだいに忘れてゆく。旅の復路と同じく、「大恋愛に到達するまでに通過してきたありとあらゆる感情を、こんどは逆向きにたどって元の無関心へ戻る必要がある」(⑫三一一)けれど、「たどる行程や路線はかならずしも同じにはならない」(⑫三一二)。このような変幻きわまりない時間のありようを、プルーストはこう要約している。「忘却の時間が私の記憶のなかに不規則かつ断片的に差し挟まれたために〔…〕私の時間の距離感は混乱してばらばらになり、距離はこちらで縮まったかと思うとあちらでは延びる始末」(⑫三八九–九〇)だというのだ。時間もまた、記憶と忘却の函数なのである。

第6章

「私」が遍歴する社交界

ジャン・ベロー『内輪のコンサート』

ブルジョワのヴェルデュラン夫人と貴族のサン＝トゥーヴェルト侯爵夫人のサロンが描かれた「スワンの恋」ではまだ誕生していなかった「私」は、田舎町コンブレーで家族（父親は高級官僚という設定）とともに休暇をすごした後、ユダヤ金融資本に連なるスワンと結婚した元粋筋《ココット》の女オデットのサロンに出入りし、ついで海辺のリゾート地バルベックのグランドホテルにおいてパリ社交界の頂点に君臨するゲルマント一族にはじめて出会う。そして第三篇『ゲルマントのほう』で、いよいよゲルマント一族の社交界へ招待される。

このように『失われた時を求めて』では社会の諸階級はあくまで主人公「私」の目を通して、つまり小説冒頭に告知されたように「そんな人たちについて私が見たり聞いたりしたこと」（①三六）の回想として描かれる。「私」の家の女中フランソワーズをはじめ、大叔父の召使いの息子モレルや、ゲルマント邸の中庭に店を出すチョッキの仕立屋ジュピアンなど、庶民や職人も、あくまで「私」の視点から提示される。この点でプルーストの意図は、「戸籍簿と競う」ようにフランス社会の全体図を描こうとしたバルザックや、「遺伝」を鍵として一族の「自然的・社会的歴史」を記そうとしたゾラの野心とは異なる。「現実は記憶のなかでしか形成されない」

（①三九一）とまで断言するプルーストは、現実社会の客観的な描写などありえないと考えていた。むしろ本作の社交サロンは、プルーストが高く評価していたバルザックの「人物再登場」の手法に倣い、さまざまな人物の異なる時点での発言や行動を、観察者たる「私」に提供する場となっているのである。

さて、『失われた時を求めて』における上流社交界は「フォーブール・サン＝ジェルマン」と呼ばれる。もとはセーヌ川左岸、サン＝ジェルマン＝デ＝プレ教会とブルボン宮（下院）のあいだの界隈を指し、対岸のチュイルリー宮殿へ通う上流貴族の居住地であった。十九世紀に宮廷との関係が消失した後も、この語はパリの上流貴族階級の代名詞として使われ、プルーストもそれを踏襲している。ただしゲルマント公爵夫妻の館は、実際には「セーヌ川の右岸」（⑤六九）、フォーブール・サン＝トノレ通りあたり（⑥五一）に存在する（巻末の地図「プルーストと『失われた時を求めて』のパリ」参照）。

十八世紀には社交における宮廷の役割はすでに衰え、貴族が主要なサロンを主宰するようになり、十九世紀にはブルジョワ婦人たちのサロンも増大した。小説の舞台となった十九世紀末から二十世紀初頭のパリでは、こうした貴族やブルジョワのサロンが文化や芸術のみならず、政治や外交にも大きな影響を及ぼしていた。その後、二度の世界大戦を経てフランスの社会構造は激変し、貴族と社交サロンの支配力は消失した。
「スワンの恋」におけるサン＝トゥーヴェルト夫人のサロンから始まった貴族社会の描写は、小説の中心部で一挙に増大する。ゲルマント一族のサロンは、第一にヴィルパリジ夫人邸における五時のレセプション、第二にゲルマント公爵邸での晩餐会と夜会（以上『ゲルマントのほう』）、第三にゲルマント大公邸での夜会（『ソドムとゴモラ』）と、しだいにその格を上げてゆく。サロンの格が上がるにつれて開催時刻の遅くなるのが興味ぶかい。いずれの場面も、数時間の集いの描写に、二百数十ページもの紙数が費やされる。

こうしたサロンを経《へ》めぐる「私」は、流行の上流社会に憧れるスノッブとみなされるかもしれない。しかしここでも「私」は、社交界での出世をめざす行動の人ではなく、参会者たちの会話に耳を傾け、それを採取する受動の人に徹している。「私」が遍歴して報告する社交界の長々しい描写は、いったいなにを目的としているのだろう。

これら社交場面は、ふつう世紀転換期のパリの上流貴族社会の戯画として紹介される。しかし百年も前のパリ社交界の虚妄が語られているだけなら、そんな自分とは無縁の長大な社交シーンを退屈に感じて当然であろう。しかし社交界で交わされる当時の著名人のうわさ話をはじめ、評判となっている芝居や音楽や絵画などへの評価、ドレフュス事件のなりゆきなどの話題に頻出する自慢や皮肉や当てこすりを理解すれば、プルーストの主眼が、上流階級の戯画それ自体にあったわけではないことに気づくはずである。

1　ゲルマント公爵夫妻のサロン

作中の上流社交界を代表するのは、『ゲルマントのほう』に描かれた公爵夫妻のサロンである。夫妻が主催する晩餐会の会食者は、主賓であるパルム大公妃をべつにすると、その中心はゲルマント一族(アグリジャント大公、シャテルロー公爵、夫人がゲルマント家出身というグルーシー氏など)で、そこにブレオーテ伯爵、フォワ大公、フォン大公らの一流貴族が座を賑わし、公爵の元愛人のアルパジョン夫人や、はじめて招待された「私」が彩りを添える。

一般的な評価として『ゲルマントのほう』は、写実を旨とするバルザックの小説に最も似通った巻とされる。しかしこの晩餐会では、バルザックの小説の特徴である館や室内の詳しい描写はおろか、招待された貴婦人の風貌や衣装などもほとんど描写されない。この事実は、晩餐会の描写の主眼がサロンの調度や料理や貴婦人の衣装にないことを示している。

ゲルマント家の才気

晩餐会の描写の大半は、じつは参会者たちのおしゃべり、とりわけ公爵夫人オリヤーヌが口にする数々の警句に費やされている。この警句は、しばしばゲルマント家の「才気」と呼ばれる。その要諦は、語り手によれば、政治や文学や芸術にかんする大げさな議論を避けつつ、「常套句や紋切り型」も排し、社交人士を瞠目させる「才気煥発」の警句を発することにある(②三二四)。たしかに晩餐会は、そんな才気を発揮するオリヤーヌの駄洒落や毒舌や逆説にあふれている。ところがこれらの警句は、高貴な貴婦人が口にする洗練の極みとはほど遠い下品な言説である。

公爵夫人は「そもそも地口なるものが大嫌い」(⑥一八五)と公言し、公爵も「まったくばかばかしい、オリヤーヌらしくもない駄洒落です」(⑦二六六)と断言する。ところが駄洒落こそオリヤーヌの十八番なのだ。ヴィルパリジ夫人のサロンでも公爵夫人は「オオカミ(仏語ルー)のうわさをすれば……」という諺をもじった「あら、サン=ルーのうわさをすれば、だわ」(⑥一八四)という駄洒落を飛ばしていた。晩餐会でオリヤーヌの口にする「からかい好きの傲慢王《タカン・ル・シュペルブ》」というのも、「からかい好き(仏語タカン)」とローマ王「タルカン傲慢王」の語呂合わせにほかならない(⑦二六六、傍点はいずれも引用者)。ケチで知られる従姉妹が招待の食卓に「小さなブーシエ・ア・ラ・レーヌも七つ」出すつもりだと聞いた夫人が「ブーシェを七つ用意したのなら、はっきり言わせていただきますとブーシュ《おくち》のほうは、きっと十二以上の予定だったはず」(⑦三一二―一三)と皮肉るのも、「ブーシェ」と「ブーシュ」をかけた同工異曲の地口である。

　この手の駄洒落にもましてオリヤーヌが嬉々として口にするのは、明らかな悪態、つまり相手の欠陥にあてつけた毒舌である。オリヤーヌは、従姉妹のひとりのことを臆せず「お人好しの間抜け」とか「うすのろ《クレチン》」とか「脳たりん」とか言い(⑦三〇七)、十五年に一回だけ「一幕物の芝居とか十四行詩《ソネ》とかを生み落とす」作家のことを「便秘作家」(⑦三一二)と呼んで憚らず、さる晩餐会で隣り合わせになったアンリ・ド・ボルニエ氏(当時現存のアカデミー・フランセーズ会員)を揶揄して、その「ひどい臭い」のせいで「鼻を塞いでいるはめになり」、やっと息ができたのは「グリュイエール・チーズが出たとき」だと言い放つ(⑦三一五―一六)。なかでも極めつきは、自然主義作家のゾラを「汚穢屋《おわいや》のホメロスです！　カンブロンヌの語を書くのにも大文字が足りないほど」(⑦三三八)と、ワーテルローの戦いでカンブロンヌ将軍(一七七〇―一八四二)が発したとされる「くそ！」(仏語 Merde!　間投詞として大文字で始まる)を暗示することだろう。

才気の演出

ではオリヤーヌの「才気」なるものは、単なるお題目なのだろうか。いや、そうではない。オリヤーヌの才気は、公爵夫人という並びなき地位にある貴婦人が、その地位にそぐわない駄洒落や毒舌や逆説を口にするからこそ、またそれを演出する装置が機能しているからこそ、才気としてもてはやされるのである。

この演出において、盛り上げ役を務めるのが公爵であり、聴衆を代表して感嘆する役柄を演じるのがパルム大公妃である。公爵はオリヤーヌを「たしなめるふうを装い」(⑦二六三)つつ、聴衆の注意を惹きつけ、妻の奇抜な発言の「押し寄せる波に抵抗しつつその波の飛沫《しぶき》を一段と高くする断崖」(⑦三六七)としての役割を果たす。

パルム大公妃は、公爵夫妻お気に入りの主賓として招待され、第三篇第二章冒頭に掲げられた作者自身によるレジュメにも麗々しく「パルム大公妃の前で披露されるゲルマント家の人びとの才気」(⑦二一)と記される。大公妃がパルマ公国君主の血筋をひく王族であるのみならず、オリヤーヌの警句にやすやすと感嘆し、その評判を増幅してくれる聞き役だから、このように特記されたのである。

2　本作品における社交サロンの意味

ゲルマント家の一流サロンであろうと、ヴェルデュラン夫人のサロンであろうと、『失われた時を求めて』の社交場面に共通して認められるのは、意に染まぬ人間への辛辣な当てこすりであり、おのが特権のさりげない自慢であり、その特権を他者には与えまいとする排除の論理である。これら欠陥は社交人士にかぎらず万人に共通に備わるものであり、人が集まるとくり返される古今東西変わらぬ人間の愚劣にほかならない。

ヴェルデュラン夫人のサロン

『失われた時を求めて』における貴族の代表格がゲルマント家だとすれば、ふつうブルジョワ階級を代表するのはスワン家だと紹介される。たしかにスワンは株式仲買人を父にもつ裕福なブルジョワではあるが、他方で同化ユダヤ人でもあり、にもかかわらずゲルマント公爵夫人の友人としてフォーブール・サン＝ジェルマンにも出入りする。そのうえ元粋筋の女《ココット》を妻とした。そのせいで妻と娘は、少なくともスワンの生前、ゲルマント公爵夫妻のサロンへの出入りを許されない。要するにスワンは、ブルジョワの代表格とみなすには、かなり特殊な立場を体現しているのだ。

貴族階級に敵愾心《てきがいしん》をいだき、それに対抗するブルジョワの典型とみなすべきは、むしろヴェルデュラン夫妻であろう。『ソドムとゴモラ』の後半から、ゲルマント家のサロンに代わってヴェルデュラン夫人のサロンが表舞台へ登場し、そこにゲルマント一族のシャルリュス男爵までが出入りするのは偶然ではない。これはヴェルデュラン夫人のサロンの台頭を示すとともに、最終篇で夫人がゲルマント大公と再婚し、ゲルマント大公妃を名乗る大転換の予兆なのだ。

『見出された時』の大団円では、ゲルマント家の貴公子ロベール・ド・サン＝ルーとスワン家の娘ジルベルトの結婚によって生まれた「サン＝ルー嬢」⑭二六〇が登場する。この場面は、当初は相容れないと思われたブルジョワ階級の「スワン家のほう」と貴族階級の「ゲルマントのほう」とが融合、統合された結果だと解釈される。しかし大転換を遂げた社交界において重要なのは、サン＝ルー嬢よりも、いまやゲルマント大公妃となったヴェルデュラン夫人ではなかろうか。夫人こそ「スワンの恋」でスワンとオデットの出会いをとりもち、ジルベルト誕生の、ひいてはサン＝ルー嬢誕生の遠因となったからである。

ジルベルトもまた、サン＝ルーと結婚することでゲルマント家の一員となった。おまけに

『消え去ったアルベルチーヌ』の括弧内にさりげなく挿入されたつぎの予告を信じるなら、ジルベルトは「やがて〔…〕ゲルマント公爵夫人になる」⑫五六六）。さらに言えばフォルシュヴィル夫人となったオデットも、最終場面のパーティーでは、愛人としてゲルマント公爵を意のままにしている⒁二三〇）。この社交場面が描いているのは、ブルジョワ階級と貴族階級の融合といった生やさしい物語ではなく、「スワン家のほう」による「ゲルマントのほう」の支配ではないか。

実際、ゲルマント家の重要な男性構成員のうち、サン＝ルーはすでに他界し、シャルリュスは耄碌《もうろく》してパーティーにはすがたを見せず、大公邸の会にただひとり出席している「八十三歳」の公爵も、椅子から立ちあがるとき、「生きた竹馬」のうえに乗ったかのようによろめき⒁三〇二）、死がそう遠くないことを露わにする。ゲルマント家の血筋と威光がこのように風前の灯であるのにたいして、いまや幅を利かせているのは大公妃となったヴェルデュラン夫人であり、オデット、ジルベルト、サン＝ルー嬢という三世代にわたるスワン家の女性陣である。プルーストが長篇の末尾で描こうとしたのは、ヴェルデュラン夫人の勝利であり、スワンには想像もできなかった妻と娘によるゲルマント家の支配だったと言うべきだろう。

芸術より才気を好むゲルマント公爵夫人と違ってヴェルデュラン夫人は、ヴァントゥイユの音楽をはじめ、バレエ・リュスの公演やモレルのヴァイオリン演奏などの芸術を庇護し、時流に合わせてドレフュス事件や第一次大戦の論評までサロンの呼びものとしてお客を惹きつけ、フォルシュヴィルを手始めに貴族へも触手を伸ばしてきた。『失われた時を求めて』の掉尾を飾る社交場面をいっそうもの悲しくしているのは、芸術の庇護者としてのヴェルデュラン夫人の先駆的役割がとうとう終わったかに見えることである。新しい大公妃のサロンでは、スワンや「私」に芸術の真髄を啓示したヴァントゥイユの音楽が演奏されることもなく、シャルリュスを陶酔させたモレルのヴァイオリンの音が響くこともない。「大公妃」という由緒正しい肩書きを手に入れたヴェルデュラン夫人は、客を呼ぶための本物の芸術をもはや必要としなくなったのであろう。

すべての人物におよぶ社交界の変貌

大長篇の末尾における社交界の変貌は、ヴェルデュラン夫人の栄達にとどまらない。「私」のエキセントリックな学友ブロックにもかつての面影はない。「恐るべき片メガネ」をかけ、「髪型を変え、口髭をそり落とし」たおかげで「ユダヤ人の鼻は〔…〕目立たなく」なり、フランス貴族を想わせる「ジャック・デュ・ロジエ」を名乗るブロック⑭九二–九三は、いまやゲルマント社交界の寵児である。そればかりか昔日の傲慢な自慢癖まですっかり影を潜めている（⑭一三二）。

しがないユダヤ人娼婦だったラシェルは、いまや大女優へとのしあがり、かつて自分を軽蔑していたゲルマント公爵夫人から「詩をこんなふうに朗読した人は皆無でしょう」（⑭二〇五）と絶讃される。さらに驚くべきは、公爵夫人がその昔みずからラシェルをあざ笑っていたことを忘れて、「みながあの人をあざ笑っていた時代に、私はあの人を見出し、評価し、褒めたたえ、世評を高めてやった」（⑭二二四）と、ヴェルデュラン夫人そっくりの自慢話をすることだ。

公爵夫人は「私」にたいしても「このような大掛かりな会」は「私」にふさわしくないと苦言を呈する（⑭二五四）。ジルベルトもまた、自分とサン＝ルーとの結婚も身分違いであったことを忘れて、「なにしろあれが叔母ですもの」（⑭一六六）と新しい大公妃への当てつけを口にする。さらにジルベルトは、「さきほど叔母のオリヤーヌと話しておられるのをお見かけしましたが、〔…〕でもあの人はものを考えるエリートの仲間ではないと言ったところで、あの人をおとしめることにはならないでしょう」（⑭一六七-六八）と言う。それに呼応するかのように、オリヤーヌもこう言う、「さきほどあなたがジルベルト・ド・サン＝ルーと話しておられるのをお見かけしたときも、そう思いましたの。あれはあなたにふさわしい人じゃありません」（⑭二五三)。相手をけなして「私」を味方につけようとするオリヤーヌとジルベルトの口吻《こうふん》まで、気に入らない者の悪口を言って仲間の結束を保っていたヴェルデュラン夫人に似てきたのである。

3 全篇の中心を占める祖母の病気と死

『ゲルマントのほう』では、祖母の病気と死が社交場面に挟みこまれるように描かれる。そもそも本篇の冒頭で主人公一家が「ゲルマントの館に付属するアパルトマン」に移り住んだのは「祖母の具合が悪く、以前よりきれいな空気を必要としたからである」(⑤二四)。全篇の中心をなす社交シーンのさらに真ん中に配置された祖母の病気と死は、小説構成上、前後の軽薄な社交生活への暗黙の批判を形成する。

電話が伝える祖母の声

祖母の死の予兆に気づいた「私」は大きな衝撃を受ける。その衝撃は、ドンシエール滞在中の「私」がパリの祖母と電話で話すとき(⑤二八八-九七)と、帰宅した「私」が変わり果てた祖母と再会する一瞬(⑤三〇四-〇七)の二箇所にみごとに描かれている。鋭利な観察と洞察を旨とするプルースト文学の真骨頂と言うべき一節である。

ドンシエールに駐屯する友人サン＝ルーを訪ねた「私」は、軍人たちとの夜ごとの語らいにかまけて祖母をすっかり忘れている。そんなとき電話口から聞こえてきた祖母の声に、「私」は祖母の死が近いことを感じとり、「永遠の別離」を予感する(⑤二九二)。この電話の挿話は、一八九六年十月、フォンテーヌブローに滞在していたプルーストが当時まだ珍しかった長距離電話でパリの母親と話した体験に基づくという。電話の「交換嬢たち」(図17)が「警護の処女たち」や「ダナイスたち」など古代の神々にたとえられる一節(⑤二九〇-九一)は、一九〇七年三月、作家がボワーニュ夫人(一七八一―一八六六)の『回想録』の書評に記していた比喩を再利用したものである。

図17　電話の「交換嬢たち」

この一節で注目すべきは、電話とい

う最新テクノロジーと、古代神話の神々との組み合わせであろう。この新旧のとり合わせは、アポリネールの詩集『アルコール』の冒頭詩句を想わせる。『スワン家のほうへ』と同じ一九一三年に出版されたこの詩集で詩人は、当時の最新の建築であったエッフェル塔を古代の羊飼いに、その足元のセーヌ川にかかる橋を羊の群れにたとえ、「羊飼いの娘　おおエッフェル塔よ　けさは橋の群れがメエメエとなく」と謳った。プルーストの文学には、アポリネールふうのモダニズムも躍動しているのだ。

しかしプルーストの真骨頂は、その先にある。人はだれかと話すとき、ふつう相手の顔を見ながらその声を聞く。しかし電話は、「声だけが顔の目鼻立ちを伴わずに到着」する事態をつくりだす装置にほかならない。「私」はその「声の孤立」によって、「私とひき離された祖母の孤立」と「声にひび割れを生じさせてきた深い悲しみ」をはじめて悟る(⑤一九三－九四)。プルーストは電話という最新テクノロジーを用いてわれわれの感覚を日常生活の慣習から抜け出させ、ふだんは気にもとめない肉親の声の真実を発見させてくれたのである。

写真が捉える「老婆」

電話のほかにも作品に効果的に導入された最新技術がある。祖母の声に居ても立ってもいられなくなった「私」が急遽パリへ戻り、変わり果てた祖母のすがたに虚を衝かれる瞬間には、スナップ写真が援用される。帰宅した瞬間の「私」は「帽子とコートの旅すがたの証人であり、観察者であり、この家の者ではないよそ者であり、二度と見られぬ現場の写真を撮りにきたカメラマン」(⑤三〇五)なのだという。

電話の挿話が、声という聴覚のみの認識を示していたとすれば、帰宅の一瞬、写真さながら「私」の網膜に映し出された祖母は、声を欠いた視覚のみの認識を示す。ふだんわれわれは親しい人を見つめるときは「常に躍動する絶えざる愛情」を相手の顔に「再投影」(同上)して貼りつけているのにたいして、写真のごとき客観的認識は、ほんの一瞬、祖母ともわからぬ変わり果てた老婆を「私」の網膜に映し出すのだ。そんな視覚のみの認識を示すためにプルーストは、この場面の掉尾をかざる長文(⑤三〇六-〇七)の後半で周到に「祖母」ということばを避け、視覚に映じた「見覚えのない、打ちひしがれた老婆」という結語が文末にあらわれる文体上の工夫をした。

作家は電話と写真という当時の最新テクノロジーを駆使して、声のみの認識、映像のみの認識という、ふだんは意識しない一瞬の事態をズームアップして見せ、他者を認識するとはどのような行為であるかを冷徹に分析した。かぎりなく繊細な感性と透徹した論理とを兼ねそなえたプルースト文学の面目躍如たる挿話といえよう。

死に至る祖母の病いの描写は、身内の愛情と小説家の冷徹とが交錯する筆致で克明に記述されている。克明といっても作家プルーストの目は、医学的な身体症状にではなく、あくまで人間精神の崩壊過程に注がれている。祖母に迫る「死」を最も鋭く語るのは、祖母の「顔」の変容にふれたつぎの一節である。

死へ歩む祖母の顔

そんな彫像作者の仕事も終わりに近づき、祖母の顔は小さくなるとともに固まっていた。その顔に走る静脈は、大理石の縞《しま》模様というより、もっとざらざらした石の縞のように見える。呼吸が困難なせいでつねにうつむきかげんになり、かつ憔悴しておのが殻に閉じこもってしまったその顔は、無骨で、小さく縮み、残酷なまでに表情を浮き彫りにして、原始的なほとんど有史以前の彫刻にでも出てくる墓守女の、粗野で、紫がかった赤褐色の、絶望しきった顔のように思われた。だがこの仕事はすべて完了したわけではない。今後は、この作品をこわし、それから墓のなかに――これほど苦しい収縮を経験しつつ苦労して守ってきた墓のなかに――降りてゆかなければならない(⑥三三四―三五)。

ここでは祖母の顔を彫刻のように「小さく〔…〕固ま」らせた「死」が、「彫像作者」にたとえられている。この一節は、やはり「死」を「彫刻家」にたとえたつぎの最終場面と併せて読むべきだろう。「この弔いのベッドのうえに、死は、中世の彫刻家のように、祖母をうら若い乙女のすがたで横たえた」(⑥三七八)。死んだ祖母の顔から苦痛や皺が消えて「うら若い乙女」の顔になるのは、生命が「立ち去るにあたり、人生の幻滅をことごとく持ち去った」(同上)からである。興味ぶかいのは、「うら若い乙女」に戻った祖母の顔をつくるのが「中世の彫刻家」にたとえられ、臨終の苦しみに歪んだ「墓守女」のごとき祖母の顔をつくったのがずっと古い「原始的なほとんど有史以前の彫刻」の作者にたとえられていることである。

さてこの一節において祖母の「粗野で、紫がかった赤褐色の、絶望しきった顔」は、「墓守女」の顔にたとえられる。この比喩は、最後に出る「これほど苦しい収縮を経験しつつ苦労して守ってきた墓」という文言と呼応する。この墓守女とはだれか？ 筆者は、自分の墓(つまり自分の死)を苦しみつつ見すえてきた祖母自身だと考える。

ところがこの一文において「苦しい収縮を経験しつつ苦労して守ってきた」の主語は、祖母ではなく、不特定の「人」を指すonである。また最後の「今後は、この作品をこわし、それから墓のなかに〔…〕降りてゆかなければならない」という文もil faudraitで始まる非人称構文であって、主語が明示されていない。この条件法現在（つまり過去における未来）に置かれた非人称構文の動詞、「こわす」と「降りてゆく」の主語はなにか？　この直前の「だがこの仕事はすべて完了したわけではない」という一文と、冒頭の「彫像作者の仕事も終わりに近づき」という文言から類推すれば、主語は「彫像作者」たる「死」と解釈すべきだろう。そうだとすると「この作品をこわす」のも、彫像作者たる「死」なのだろうか。ところが墓のなかへ降りてゆくのは、「彫像作者」ではなく、祖母自身であるはずだ。

プルーストの文章の妙は、この矛盾を解決すべく、主語を明示しない非人称構文を選んだ点にある。この一節に出るすべてのキーワードは、彫像作者たる「死」も、墓を見つめる「墓守女」も、つまるところ祖母自身ではないか。なぜなら病気と死は、かなり以前から祖母のなかに棲みつき、祖母と一体を成しているからだ。彫像作者たる「死」も墓を見つめる「墓守女」もすべて渾然一体となって祖母のうちで進行する死への歩み、それを示すために作家はあえて非人称を選んだのである。

シャンゼリゼ公園の公衆トイレ

ここで、祖母が発作をおこしたシャンゼリゼ公園へ戻り、そのとき祖母が駆けこんだトイレの場面について検討したい。シャンゼリゼは元来ギリシャ神話で「エリゼ（エリュシオン）の園」の意で、英雄の魂が暮らすとされる「死後の楽園」である。祖母が命取りとなる発作をおこした場所には、「死後の楽園」が暗示されているのだ。往診に来たドクター・デュ・ブルボンは、祖母に外出を勧め、とくにシャンゼリゼ公園の「月桂樹の茂みのそば」を推奨する。月桂樹には「浄化作用」があり、大蛇ピュトンを退治したアポロンも護身の「解毒剤」として「月桂樹の一枝《ひとえだ》をたずさえてデルポイに凱旋」したからだという（⑥二九二–九三）。この月桂樹への言及は、かつてシャンゼリゼ公園でジルベルトと取っ組みあいをした「私」が「数滴の汗がほとばしるように快楽をもらした」ときの「月桂樹の茂みの背後」（③一五五–五六）へと読者をつれ戻す。

発作をおこした祖母は、この茂みのそばの公衆トイレに駆けこむ。女中のフランソワーズが「侯爵夫人」と呼んでいたトイレ番の女からその昔「私」が「おはいりになりません？」（③一五四）と勧められたトイレである。その入口の「古い湿った壁」からは、「ひんやりしたかびくさい匂い」（③一五一）が漂い、その匂いは、かつて「コンブレーのアドルフ叔父の小さな部屋」

の湿っぽい香りを想い出させた(③一五七)。これはプルーストがくり返し描いた無意志的記憶現象の一例にほかならない。このようにシャンゼリゼ公園の一角には、数多くの暗示が重層的に集約されている。

そもそもトイレのそばでの取っ組みあいという設定には、生命維持に欠かせない生理的欲求である排泄欲と性欲とが隣接する。そばの月桂樹に備わる「解毒剤」としての浄化作用も、生命の維持機能を象徴すると考えられる。その生命現象の発露の場において、祖母の生命維持機能に変調が生じ、デュ・ブルボンの予言した月桂樹の「浄化作用」は働かず、祖母は死の淵へとつき落とされる。祖母の発作が、「私」のゲルマント家をめぐる浮薄な社交生活への懲罰の意味を担うとすれば、それはまた少年の「私」がかつて月桂樹のそばで味わった官能の快楽への遅ればせの懲罰とも解釈できよう。

こうした生と死の交錯するトイレのそばで、「かびくさい匂い」という「取るに足りないイメージ」が「私」に「至福の想い」を与える(③一五七)のは、紅茶に浸したマドレーヌという甘美な味覚だけではなく、「かびくさい匂い」によっても、「永遠」を開示する無意志的記憶現象が生じることを示している。そう考えると、これらすべてがシャンゼリゼという「死後の楽園」に集約されているのも理解できるのではないか。この一角は、生と死と永遠とが交錯するトポスとして提示されたのである。

いや、公衆トイレの役割はそれだけにとどまらない。その管理人が「侯爵夫人」と呼ばれるのは、たんにフランソワーズがそう言い張っていた(③一五四)からというだけではあるまい。管理人はみずから「侯爵夫人」を名乗らないまでも、トイレを「あたしの愛《いと》しのパリ」と呼んで、名士たちの通う「サロン」あつかいする(⑥三〇五—〇七)。現に女は「お客を選ぶ」と称して、あたふたと駆けこんできた「身なりの貧相な女」を「社交界に出入りできる者ではない」と判断し、「スノッブの残忍非道をむきだしにして」、「ひとつも空いてませんよ」と言い放つ(⑥三〇七—〇八)。

トイレごときに自尊心と排除の論理を振りまわす「侯爵夫人」の滑稽さは笑うほかないが、この態度とゲルマント公爵夫人に代表される一流貴族の尊大や排他的精神のどこが異なるのだろう。作家はそれを同一のものとして描いているのだ。その証拠に、長居したトイレで「侯爵夫人」のおしゃべりの一部始終を聞いていた祖母は、出てきたとたん「ゲルマント家や、ヴェルデュランの少数精鋭と、まるでそっくり。よくもまあ、あんなことを粋なことばで言えたものね」と「私」に洩らす(⑥三一〇)。

そのおしゃべりは「別れの楽しさ」を用意してくれたと祖母がつけ加えるとき、プルーストは祖母のことばが「自分自身の侯爵夫人たるセヴィニエ夫人」の引用であるとわざわざ断っている(同上)。トイレ番の「侯爵夫人」には、母と祖母が愛読したセヴィニエ侯爵夫人が重ねあわされているのだ。そうであれば『ゲルマントのほう』には、前半のサロンの主宰者たるヴィルパリジ侯爵夫人と合わせると、三人の侯爵夫人が意図して集められたことになる。どうやらプルーストは、セヴィニエ侯爵夫人が書きとめた十七世紀宮廷の粋な会話も、当時の貴族たるヴィルパリジ侯爵夫人邸における社交人士のおしゃべりも、さらにはトイレ番の「侯爵夫人」の怪しげな駄弁も、尊大と差別に貫かれた人間心理を露わにする点でなんら変わるところはないと言いたかったようである。

第7章

「私」とドレフュス事件および第一次大戦

空襲下のパリ(1919年刊本の表紙)

プルーストの小説は十九世紀末から二十世紀初頭のフランス社会を描きながら、現実の歴史的事件はめったに顔を出さない。希有な例外として第二篇第一部の「スワン夫人をめぐって」にナポレオンの姪マチルド大公妃が登場し、「明後日の皇帝ニコライのアンヴァリッド訪問」(一八九六年十月七日)を語るくらいである(③二五八)。プルースト自身の個人的な体験も、多くは時期や人物を変更して小説中にとりこまれた。たとえば一九一三―一四年における運転士兼秘書アゴスチネリとの同居とその出奔は、一九〇〇年前後のアルベルチーヌの同居と失踪へと転化された(巻末「『失われた時を求めて』年表」参照)。

ところがプルーストの体験した歴史的大事件のなかで、ドレフュス事件と第一次大戦だけはそのまま小説にとりこまれた。このふたつの例では、現実とフィクションの年代がぴったり一致するのだ。ただしあとで見るように、大戦の描写は戦争中にリアルタイムで執筆されたものであるが、ドレフュス事件の描写は事件から二十年ほどを経た作家の筆になる。もちろんこの場合でも、主人公の「私」は事件や大戦にみずから参画することはなく、人びとがそれをどう語るかに耳を傾ける受動的態度に終始する。両事件とも、社交界におけるうわさ話と同じく、作中人物の口から間接的に言及されるのである。

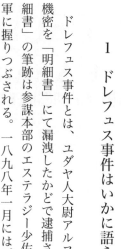

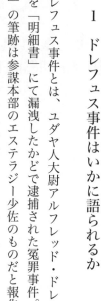

1 ドレフュス事件はいかに語られるか

ドレフュス事件とは、ユダヤ人大尉アルフレッド・ドレフュス(図18)が一八九四年、陸軍の機密を「明細書」にて漏洩したかどで逮捕された冤罪事件。一八九六年、ピカール中佐は「明細書」の筆跡は参謀本部のエステラジー少佐のものだと報告するが、参謀総長ボワデッフル将軍に握りつぶされる。一八九八年一月にはゾラがドレフュスの無罪を訴える文章「われ弾劾す」(図19)を発表するが、自身が重罪裁判所へ召喚され(同年二月のゾラ裁判)、台頭する反ユダヤ主義とあいまって事件は世紀転換期のフランス世論を二分した。

図18 アルフレッド・ドレフュス

『失われた時を求めて』におけるドレフュス事件の表象の特徴を把握するには、青年期の未定稿『ジャン・サントゥイユ』(一八九五—九九年頃執筆)における事件の表象と比べてみるのがいい。後者に収められた事件を語る

Cinq Centimes

ERNEST VAUGHAN

L'AURORE

Littéraire, Artistique, Sociale

J'Accuse...!

LETTRE AU PRÉSIDENT DE LA RÉPUBLIQUE

Par ÉMILE ZOLA

LETTRE
A M. FÉLIX FAURE
Président de la République

図19　ゾラ「われ弾劾す」(「オロール」紙)

およそ十篇の断章は、プルーストが熱心なドレフュス支持派として活動した世紀末に、ほぼ事件と同時に執筆された。とくにゾラ裁判を描いた断章には、青年プルーストの情熱が主人公ジャンに仮託して語られている。この若書きのもうひとつの特徴は、権力側の証人ボワデッフル将軍や無実の代弁者ピカール中佐など、実在の人物が物語の前面に出てくる点にある。この未完作品は、プルーストの熱烈なドレフュス支持派としての信条告白と、事件のリアルタイムでの記述とが混交する貴重な証言ではあるが、歴史の記述としては総合性を欠き、小説としては奥行きを欠く。

作中のドレフュス事件

それにたいして『ゲルマントのほう』(一九二〇—二一刊行)でドレフュス事件を描いたのは、熱狂の冷めた円熟の作家である。初期作品とは違って、実在の人物が直接登場することはなく、事件は「私」の耳に届くさまざまな人物の相矛盾する見解の集積としてあらわれる。

ドレフュス事件はまず「私」の家族内に亀裂をひきおこす。祖父は軍隊贔屓《びいき》であり、父親は「ドレフュスの有罪」を信じて「再審請願者リスト」に署名を求めた同僚たちを不機嫌に追い払った」という。それとは「異なる立場」を表明した「私」は、父から「一週間も」口をきいてもらえない。父親と「私」とのあいだで板挟みになった母親は、「優柔不断の態度をとりつづけ、それを沈黙」であらわす(⑤三二九-三三〇)。

ただし主人公は、父とは「異なる立場」をとったことに言及されるだけで、初期小説のジャンとは違って、直接ドレフュス支持を表明することはない。つねに事件とは距離を置き、相異なる意見を口にする人たちを冷静に観察する。プルーストが描きわけた登場人物たちの見解は、軍部やカトリックや上流貴族らの保守派は反ドレフュス主義者であり、反教権主義者や共和派らの進歩派はドレフュス支持者、といった単純な図式では説明しきれない。作家が示そうとしたのは、事件の渦中にある人びとの主張を決定づけるのは各個人の思想信条であるよりも、むしろ各自の我執や思惑や本性であるということだ。

コンブレーの教会でいつも祈りを捧げる敬虔なカトリック信者であるサズラ夫人は、ドレフユスを支持し、反対派である「私」の父親を赦さない(⑤三三〇)。ゲルマント家の貴公子サン＝ルーは、将来を嘱望される軍人でありながら、最初は熱烈なドレフュス支持者として登場する。これには愛人のユダヤ人ラシェルのドレフュス支持が影響をおよぼしたとされるが(⑤三八七)、プルードンやニーチェを愛読し、当時は社会主義を信奉していたサン＝ルー(④二〇八)には、当然の思想的選択だったのかもしれない。

どうやらプルーストは、人間の思想はその所属階級によって規定されるものではなく、むしろ階級を超えて伝播することを示そうとしたらしい。この点で興味ぶかいのは、ユダヤ人ラシエルがサン＝ルーの母親マルサント夫人は「マテル・セミタ」(「ユダヤ人の母」を意味するという似非《えせ》語源説)だと事実無根の中傷をすることだろう(⑤三八七)。ユダヤ人ブロックもバルベックの海岸で「俺だって原則としてユダヤの民に絶対反対というわけじゃないが、ここは過剰だ」(④二一八)と言ってユダヤ蔑視を露わにする。プルーストは、ユダヤ人という被差別階層とされる人間もまた、世間の差別用語を受け売りすることを容赦なく暴いたのである。

サロンにおける事件のうわさ

作家はヴィルパリジ夫人邸でのレセプションを一八九八年早春に設定し、同年二月のゾラ裁判が終了し、同年八月、ドレフュス有罪の新たな証拠として提出された書類がアンリ中佐の偽造であることが判明して当のアンリが自殺するまでの事件の推移を踏まえ、社交人士たちにこもごもドレフュス事件を語らせている。

ブロックは「ゾラ裁判の公判を何度も傍聴」する熱烈なドレフュス支持派で、「サンドイッチの弁当とコーヒーを詰めた瓶を携えて、朝、裁判所に着くと、夕方にならないと出てこない」(⑥一三九)。これは若き日のプルーストの自画像にほかならない。というのも、裁判とほぼ同時進行で執筆された『ジャン・サントゥイユ』の断章では、プルーストの分身とおぼしいジャンもまた「重罪裁判所のゾラ裁判に出るため、わずか数切れのサンドイッチと少量のコーヒーを詰めた水筒を携え朝早く家を出て、そこに夕方の五時まで、空腹のまま、昂奮し、夢中になってとどまった」からである。

ブロックは元大使のノルポワから事件の情報を聞き出そうとするが、言質を取られまいとする外交官のあいまいな返答に翻弄される。ノルポワは、ドレフュスの無罪とエステラジーの有罪を訴えたピカールの証言は人びとに「このうえなく好ましい印象」(⑥一五四)を与えたと語る一方、反対陣営の文書官グリブランの供述によって風向きが変わったと言う。要するにノルポワの言辞は、「慎重な性格」と「形式一点張りの頭脳」(⑥一五六)ゆえに、独自の見解の表明を差し控え、できごとの推移を慎重に見極めようとする老練な外交官特有の姿勢のあらわれにほかならない。

保守派と目されるゲルマント一族のなかでも、個々のメンバーのドレフュス事件をめぐる信条は、かならずしも所属階級の大勢に従わない。サン＝ルーの母親マルサント夫人は、表向きは反ドレフュス主義を標榜しながら(⑥一四九)、息子に「莫大な財産をもたらす結婚」(⑥一八〇)をさせるため、裕福なユダヤ人と結婚したスワン夫人を「立派なご婦人」と褒めそやし、ユダヤ金融資本家の夫人レディー・イスラエルスとも交際する(⑥一八二)。ゲルマント公爵夫人は、ドレフュスの有罪無罪を議論する世間の野暮を嫌い、重要なのは表現の「シック」だと言い募ることでみずからの発言の独自性を際立たせようとする(⑥一五二)。ヴィルパリジ夫人は、主宰するサロンの生き残りのために「ドレフュス事件にはいっさいかかわらず」(⑥三三)、「再審反対同盟の幹事をしている古文書学者」(⑥一四六)のご機嫌をとって自分の回想録の資料整理を手伝わせる一方、裏では「午後の会《マチネ》に出演料なしで出てくれる役者たちを揃えるべく」、ドレフュス支持派の「新進の劇作家」ブロックを当てにする(⑥三二)。

社交の場でさまざまに論評されるドレフュス事件は、当該人物の性格や変貌を浮き彫りにする函数と化しているのである。

発言の建前と本音

人前で公言される意見はえてしてして複雑な背景を備えており、本音が建前とは正反対であることも多い。たとえばルグランダンが「大革命が貴族をひとり残らずギロチンにかけなかったのは間違いだ」(①一六〇)と言い張るのは、心中の貴族崇拝をだれよりも自覚し、それを隠そうとしているからにほかならない。ドレフュスの罪状にかんして発せられる主張も、その人の真意とはかぎらない。そのことを端的に示すのは、「ドレフュス支持派のわが家の給仕頭と反ドレフュス派のゲルマント家の給仕頭とのあいだの口論」(⑥二七八)である。ドレフュス支持派の給仕頭は自分の立場とは逆に「ドレフュスの有罪」をほのめかし、反ドレフュス派の給仕頭は「無罪」を示唆する。前者は「あらかじめ不首尾の場合を想定し、正義が敗れてゲルマント家の給仕頭が快哉《かいさい》をさけぶのを避けようとした」のだし、後者は、ドレフュスの無罪を言い立てておけば、もし「再審が拒否されて無実の者が悪魔島《ディアブル》に留めおかれるはめになれば、わが家の給仕頭はいっそう意気消沈するだろう」と考えたのだ(⑥二八〇-八一)。人の発言の裏にいかに複雑な心理が介在しているか、プルーストの意地の悪い冷徹な人間認識をしめす恰好の例である。

2　第一次大戦はいかに語られるか

『見出された時』の中心部は、第一次大戦下のパリの描写が占める。その描写は戦争によって小説の出版が中断しているあいだに、急遽、作中にとりこまれ、その多くは進行中の戦争を追うようにリアルタイムで執筆された。にもかかわらずこの描写は、戦争を描いた文学としてきわめて特異なものと言わざるをえない。

プルースト自身は、大戦中、新聞七紙に目を通して熱心に戦況を追いながら、出征した友人たちの安否を気遣い、実際、多くの友人を戦禍で失った。その戦争への態度は、「祖国防衛への暗黙の賛同」と「心情的な平和主義」の範囲を出ないものだったとされる（坂本浩也『プルーストの黙示録』）。

もとより銃後のプルーストに、従軍体験を赤裸々に描いてゴンクール賞を授与されたバルビュスの『砲火』（一九一六）のような反戦文学が書けるはずもない。とはいえプルーストは、珍しく年代を「一九一四年」および「一九一六年」と特定して大戦下のパリを描写し、しかも戦争只中の一九一六年のほうを真っ先に採りあげていながら（⑬一〇二以下）、戦闘それ自体をほとんど描いていない。いったい作家はなにを示そうとしたのだろう。

大戦下のパリの描写

結論から言うと、プルーストが示そうとしたのは、銃後の生活は窮乏を強いられるとはいえ、人間の営みの基本は変わらないということではないか。さらに作家が浮き彫りにしたのは、社会の大変動に遭遇したとき、人はそれまで公言していた信念をいとも簡単にかなぐり捨て、世の大勢となった新たな信念を支持する「符牒」を臆面もなく掲げることであろう。

たとえ空襲下でも、人は「まさか今日、直撃されることはあるまいと確信している」⑬二九二から、日常生活は変わりなくつづく。それを象徴するのは、約千二百人の犠牲者を出したイギリスの客船ルシタニア号難破（一九一五）の第一報を読んだときのヴェルデュラン夫人の反応である。夫人は「なんて恐ろしいことでしょう！　どんなにむごい惨事でも、こんな恐ろしい結果にはならないわ」と心を痛めながらも、戦時下で貴重な「クロワッサンの風味」に「甘美な満足の表情」をうかべる⑬二二一）。語り手は「すべての溺死者の死も、夫人の目には十億分の一に縮小されて見えたにちがいない」（同上）と辛辣な注釈を加えている。いかにもそのとおりで、夫人のエゴイズムは、大地震や大洪水による膨大な死者の報道に接しても以前と同様に朝食を味わうわれわれの振る舞いとなんら変わらない。
そのヴェルデュラン夫人は、いまや「戦時下のパリの女王」(⑬一〇二)となり、多くの上流貴族まで客に迎えている。シャンゼリゼに近い高級ホテル・マジェスティックでサロンを開く夫人は、「じゃあ五時に戦争の話をしにいらっしゃい」(⑬一二〇、傍点は引用者)と客を誘い、フランス軍総司令部「GQG」との親交を誇示し(⑬一一七―一八)、検閲を意味する「キャビア」とか左遷を示す「リモージュ行き」(⑬一二六、傍点は原文)とかの戦時用語を駆使して招待客を笑わせる。

これらのことばは、ヴェルデュラン夫人が「戦時下」の思潮を採用したことを他人に誇示する「符牒」にほかならない。そう考えると、プルーストが真っ先に一九一六年のパリを、しかも戦時下に流行した服飾品を採りあげたことも肯《うなず》けるのではないか。なぜなら銃後でもてはやされた「戦士たちのゲートルを想わせる丈の長いレギンス」や、「砲弾の破片や七五ミリ砲の弾帯《だんたい》でつくった指輪やブレスレット」(⑬一〇三―〇六)などは、「「戦時中」らしく」(⑬一〇三)見せるための流行の「符牒」だからである。

大戦下のパリでプルーストが描いたのは、人びとの戦争をめぐる言説であると考えるべきだろう。長々と引用されるモード記事(⑬一〇六―〇七)にせよ、ドイツ軍によるタンソンヴィル占拠にせよ、コンブレーの教会の破壊にせよ、プルーストにおける戦争はすべて、なにがしかの人物の口から語られる。戦争をめぐるブリショの発言(⑬二三四、二五二-五三)やノルポワのことば(⑬二四〇-四八)は、念の入ったことに、シャルリュスによって引用・論評されるという言説の二重化さえほどこされている。ドレフュス事件の場合と同様、「私」はすべての登場人物たちと距離を置き、その人たちの言説を皮肉まじりに報告することに徹している。

戦争を語るジルベルト

一九一四年と一九一六年の戦況の違いも、地の文にて客観的に語られるのではなく、「私」が受けとった二通の手紙という形でジルベルトの口から語られる。「一九一四年九月」の手紙では、ドイツ軍機「タウベ」の空襲に肝をつぶし」(傍点は原文、**本章扉参照**)、「小さな娘」のことが心配で「パリを逃げだし」(⑬一六七)、タンソンヴィルにたどり着いたが、城館はすぐドイツ軍に接収されたという。一九一六年の手紙では、コンブレーが激戦地となり「メゼグリーズの戦いは八ヵ月以上つづき」、「ドイツ軍はメゼグリーズを破壊」したという(⑬一七八)。

それぞれ第一次大戦のタウベによるパリ空襲やヴェルダンの戦いを踏まえた記述であり、プルーストは作中のコンブレーを大戦の激戦地とするため、『スワン家のほうへ』初版(一九一三)

ではイリエを想わせるボース平野に位置づけられていたコンブレーを、再版の校正刷(一九一七)においてドイツ国境近くのシャンパーニュ地方へ移した。

注目すべきは、一九一四年と一六年の二通の手紙では、戦況が違うだけではなく、ジルベルトの語るタンソンヴィル行きの動機が異なっていることだろう。一四年の手紙ではパリの「空襲」から「逃げ」出すのが目的であったはずなのに、一六年の手紙では目的は「ドイツ軍から自分の城館を守るためだった」(⑬一七七)という。ジルベルトは「わたしには長所がひとつしかありません、卑怯じゃないこと」と勇ましい言辞をふるい、その立派な振る舞いは「新聞各紙で絶讃され、叙勲が取り沙汰される」が、語り手は「おそらくジルベルトは、私がさきに述べた〔一九一四年の〕手紙の趣旨を忘れていたのだろう」(⑬一七六-七八)と辛辣な皮肉を投げかけている。プルーストは、ジルベルトもまた、自分の振る舞いをあとから正当化する人間の性《さが》を免れていないと言いたかったのであろう。

戦争を語るサン=ルーとシャルリュス

サン=ルーとシャルリュスのふたりは、バルベック海岸に最初にすがたをあらわしたときから、ゲルマント家を代表する叔父と甥として対照的に描かれてきた。戦時下でも、サン=ルーが前線で「部下の退却を掩護《えんご》して戦死」(⑬三八七)するのにたいして、シャルリュスは空襲下でもジュピアンの男娼館やメトロの通路で快楽をむさぼりつづけ、戦後には大通りに老残の身をさらす(⑬四一四―一八)。このふたりこそ、戦争をめぐる言説の代表的な担い手である。だれもが敵国ドイツへの憎悪を口にするなか、ふたりは「私」を相手にドイツ贔屓《びいき》を隠そうともしない。ただしふたりの言説には大きな違いがある。

　サン＝ルーが長々と語るのは、空襲下のパリの夜空についてである。文人気取りのサン＝ルーは、「飛行小隊が黙示録をなす」(⑬一八四、傍点は原文)と奇妙な言いまわしを使い、サイレンの音をドイツ国歌の『ヴァハト・アム・ライン』にたとえ、「上昇してゆくのがほんとうに飛行士なのか、むしろワルキューレじゃないか」(同上)と、ワーグナーの「ワルキューレの騎行」を暗示する。サイレンなどの音をドイツ音楽にたとえるのは、じつは当時の紋切り型であった。サン＝ルーの発言について語り手は「人間は戦争があっても以前の自己のままであるかのように、戦争以前に聞いたことばとほとんど変わらなかった」(⑬一八二)と痛烈な皮肉を投げかける。サン＝ルーはあとで見るように、耳に挟んだ他人の見解を自分の考えと想いこむ癖があったのだ。

　これにたいしてシャルリュスが「私」にくり広げる戦争をめぐる長広舌は、異彩を放つ。その最大の特徴は、ドイツ贔屓にあり、氏が「愛国心を持たなかった」(⑬二二三)点にある。語り手によればシャルリュスは、「フランスの勝利を熱烈に願うことを潔しとしないばかりか、〔…〕ドイツの勝利を願うとは言わずとも、せめてみなの願望どおりにドイツが粉砕されることはないよう願っていた」(⑬二二一)という。

シャルリュスのフランス嫌いとドイツ贔屓の要因は、ひとえに自国に蔓延する戦争プロパガンダへの嫌悪にある(プルーストも戦中の書簡で、たびたび同様の反感を表明していた)。シャルリュスは「勝ち誇った時評子たち」が、連日「ドイツは降参寸前だ」と断定し、「野獣は、絶体絶命で、無力と化した」などと虚報を書きたてる「軽薄かつ残忍な愚かさに激怒していた」(⑬二二七)。その真意を語り手はこう解説する。「氏はきわめて明敏な人間であったが、どの国でもいちばん数が多いのは愚か者である。氏がドイツに住んでいたら、愚かにも不当な主義主張を情熱的に擁護する愚かなドイツ人たちに憤慨したであろう」(⑬二二五)。ところが「フランスに住んでいる以上、氏はドイツ贔屓にならざるをえなかった」(同上)というのだ。

シャルリュスのドイツ贔屓は、世間やメディアの身勝手な「愚かさ」には追従せず、厳密な論理に支えられて出てきたものだったのである。氏のつぎの発言には、プルースト自身の確信が託されていると考えるべきだろう。「つねづね私は、文法や論理学を擁護する人たちを尊敬してきた。そうした人たちが大きな災禍を回避してくれたことは、五十年経ってようやくわかる」⑬二八二)。

3 社会はなにゆえ変容するのか

ドレフュス事件にせよ、第一次大戦にせよ、大事件は社会を変貌させずにはおかない。ゲルマント家のメンバーのなかでも、大公夫妻や公爵はやがてドレフュス支持派に転向する(⑧二五〇、三一二–一四)。目先の利くヴェルデュラン夫人は、早くも世論の変化を察知して、自分のサロンを「ドレフュス再審支持派の拠点」(⑧三一二)に変える。ドレフュスの無罪がだれの目にも明らかになると、保守派の人びとも当初からドレフュス支持派だったような顔をする。大戦に徴用されたモレルは、一時的に脱走したにもかかわらず、その後は勇敢に戦い、「戦功十字章をつけて帰還」する(⑬四〇〇–〇二)。

戦争が社会にもたらした変容について、プルーストはこう言う、「戦争が戦後に残した泡《あぶく》のような愚行と輝かしい栄誉がはびこるなかでは、指を一本失っただけで、何世紀にも及ぶ偏見が打破され、華々しい結婚によって貴族の一員になることが可能になったし、たとえ事務室における貢献で授かったものでも戦功十字章さえあれば、選挙で圧勝して下院にはいることが、いや、アカデミー・フランセーズにはいることさえ可能になった」(⑬四〇二)。

社会の変容に介在する忘却

社会がかくも変容するのはなにゆえか。もとよりそれは経過した「時」の作用による。しかしプルーストは、そこに人間の「忘却」が大きな役割を果たすことを見抜いた。『見出された時』のゲルマント大公邸におけるパーティーをもう一度ふり返ろう。

語り手によれば、ブロックが最高級の社交界に受け入れられたのは、ゲルマント公爵夫人が昔のことを忘れていたからである。ブロックを自分と同じ貴族社会の出で、二歳のときにはシャルトル公爵夫人の膝のうえであやされていたと請け合いかねなかった」(⑭一三六)という。ラシェルの才能をいち早く見出したのは自分であると公爵夫人が自慢したのも、嘘をついたわけではなく、記憶の変質ゆえにそう信じこんでいたからである。

社交界がそれほど変容しても、ゲルマント家の旧来のメンバーがそれを怪しまないのは、昔の状況を忘れているからだ。プルーストに言わせると「そもそも人間は、深く考えなかったこと、他人の真似をしたり周囲の熱狂に煽られたりして口にしたことなど、たちどころに忘れてしまう」(⑩八五)。だから「政治家たちの変節のいくつかは、ありあまる野心のせいというよりも、むしろ記憶の欠如のせい」(同上)だという。社交界のみならず社会一般の変容にも、忘却がからんでいるのである。

人の発言が社会をつくる

ドレフュス事件といい第一次大戦といい、作中の社会的事件は、「私」が出会うさまざまな人間の言説を通じて描かれた。社交サロンの描写の大半が、そこに集う人物たちの会話に費やされているのと軌を一にする。会話の主題は、他人のうわさをはじめ、政治や外交や文化など多岐にわたる。プルーストは、貴族やブルジョワのサロンのみならず、「私」の家の給仕頭と女中のおしゃべりなど、階級や時代を問わず人が集まれば交わされる会話を通じて、人間の交際、つまり社会とはなにかを追求したのである。

ゲルマント公爵夫人の才気なるものが演出によって形づくられた虚構であったように、おのが高貴な地位をまるで軽蔑するかのごとき公爵夫妻の口吻《こうふん》も、額面どおりには受けとれない。オリヤーヌは、「あら、社交界はお嫌い？　もっともですわ、退屈でどうしようもないところですから」(⑦九四)と、自分の社交生活を否定するのを口癖とし、「貴族などにはなんの価値もなく、身分にこだわるのは笑止千万」(⑦二三六)と公言する。自分の高い地位を屁《へ》とも思わぬこの口吻ゆえに、夫人はおおかたの賞讃を招くのだ。おめでたいクールヴォワジエ家の人は、オリヤーヌの発言を真に受けて、もしかすると「芸術家とか前科者とか浮浪者とか自由思想家とか」と結婚するのではないかと想いこむが、「一族の精霊」はきちんと保身の術を教える(⑦二三六―三七)。

そもそも本作の登場人物たちの本音は、ルグランダンの口をきわめた貴族糾弾や、シャルリュスのエレガントな婦人への親しげな振る舞いなど、表向きの言動とは正反対に解釈すべき例が少なくない。「医学を信用しない医者とか、ラテン語作文などは信用しない高等中学校《リセ》の教師とか」が「心が広く優秀だという評判」(②一五五)を獲得するのも、医者であり教師であるがゆえである。大金持がお金への軽蔑を口にし、功成り名を遂げた人が名誉には執着しないと言うのも、その財産や地位ゆえにほかならない。

人はなかなか本音を言わず、えてして他人の意見に迎合するが、かりに本音が発せられることがあれば真実が伝わるのだろうか。もちろんそんなことはない。人が自分自身の見解と信じて口にすることも、新聞雑誌や本で読んだ他人の言説の受け売りであることが多いからだ。あるときサン゠ルーは「ほんとうの影響といえるのは、知的環境の場合なんだ！ 人はその思想によって人間なんだ！」(⑤二五九)と自説を展開するが、それは数日前「私」がサン＝ルーたちとの会食の席で表明した「人はその思想によって人間なのです」(⑤二二八)という見解の剽窃《ひょうせつ》であった。

あるカフェでは主人が、得意客の発言に「言いえて妙でございます」(⑦一四五)と感心する。それは「何度も人びとの口から出るのを聞いた感想」(⑦一四四)だからである。語り手は主人のこの反応を一般化し、「それが政治をめぐるおしゃべりや新聞を読む行為に適用されて、世論をつくり、ひいてはどんな大事件をも可能にする」(同上)と付言する。発言の虚実などは、さして問題にならないのだ。その発言が喧伝されるのは、発せられた片言隻句を聞く側が「きっとそうだ」と信じるからである。プルーストはこの点を充分意識していたようで、レストランで聞こえる「グリセリンが好みですね、そう、熱いやつを」(⑦一四七)という声が間違って料理の注文と受けとられる例を描いている。作家の眼力は、うわさの生成メカニズムを解明することで、SNSなどによる現代の世論の形成という問題まで見通しているのである。

世論は、なぜ事実に基づかない情報に影響されるのか。たいていの人は、現実とは自分の外に厳として存在し、それを客観的に捉えることができると信じている。ところがそうでないことは、最近の新型コロナウイルスにかんする情報や報道から明らかだろう。現実とされるものも、しばしば相矛盾する一資料にすぎず、そこから実態はなかなか見極められない。プルーストは現実のこうしたあやふやさについてこう書いている。「一般大衆はそのレントゲン写真に患者の病気がはっきり包み隠さず映し出されていると想いこむが、実際にはそのレントゲン写真はたんなる診断の一要素として提供されるだけで、医者はそれにほかの多くの要素も加味したうえで推論し、そこから診断をくだすのである。それゆえ政治上の真実なるものは、事情に通じた人物と近づきになり、いよいよその真実に手が届くと思ったそのときこそ、かえって捉えられない」(⑥一五七)。

第8章

「私」とユダヤ・同性愛

ナテ・ヴェイユ

第1章で見たようにプルースト自身は同性愛者であり、母親はユダヤ人であった。しかし『失われた時を求めて』の「私」は同性愛者ではなく、両親もユダヤ人ではない。しかも作中で語り手は、同性愛者の生きる社会的制約をしばしばユダヤ人の置かれた状況に重ねあわせ、その言説には同性愛者とユダヤ人にたいする否定的見解があふれている。同性愛者は「ユダヤ人と同じく〔…〕たがいに同類の者を避け」、「イスラエルの民の迫害にも似た迫害によって〔…〕一種族に特有の肉体および精神の特徴を備えるにいたる」というのだ(⑧五二―五三)。「判事」による「想定」という限定つきではあるが、「倒錯者は殺人を犯すもの」、「ユダヤ人は裏切りをするもの」といった指摘まで出てくる(⑧五〇―五一)。

ユダヤ系の男友だちに恋の告白をしていたプルーストが、小説では同性愛者とユダヤ人にこれほど否定的な言辞を弄するのは、なにゆえであろう。そもそも作家は自己のユダヤ性と同性愛をどのように意識し、それをいかに描いたのだろう。

1　「私」とユダヤ人

プルースト自身のユダヤ意識

当時パリで暮らす同化ユダヤ人のなかにも、戒律を遵守し、ユダヤ教の正統を守ろうとする「中央コンシストワール（長老会）」に連なる厳格なユダヤ教徒が少なからず存在した。しかしプルーストの母親は、カトリックには改宗しなかったが、日常生活でユダヤの戒律を守っていたわけではない。プルースト本人は、弟と同様カトリックの洗礼を受けていたから、もとより正統なユダヤ人とみなすことはできない。それでもプルーストはユダヤ系の友人たちに好意を寄せ、母親の先祖の宗教を尊重していた。

ユダヤ人の同化政策に伴い、一八〇九年にはパリのペール・ラシェーズ墓地の南西側、ルポ通りに面した一角がユダヤ人墓地として譲渡された。プルーストの母方の曽祖父バリュック・ヴェイユは一八二八年、そこの墓所に埋葬された。同墓所には、その息子夫妻、つまりプルーストの祖父母も、祖母アデルが一八九〇年に、祖父ナテが一八九六年に、また大叔父のルイ・ヴェイユも一八九六年に埋葬されたので、プルーストはこの墓所をよく知っていた。というのも一九〇八年、ダニエル・アレヴィ宛てに書いた手紙の草稿で、祖父のナテ・ヴェイユ（**本章扉参照**）が毎年、この墓所を訪ねていた想い出をこう語っているからだ。「ルポ通りに沿った小さなユダヤ人墓地を訪れる人は、もうだれもいません。〔…〕祖父は、毎年、墓地に参り、もはやその意味を理解していたとは思えませんが、儀式どおりに両親の墓に小石を置いていました」（アントワーヌ・コンパニョンの二〇二〇年の論文「シオニストのプルースト」および「「ルポ通りに沿った」――ダニエル・アレヴィ宛て書簡の草稿（一九〇八）」に拠る）。小石を置く意味は祖先への敬意以外には不明だが、母方の祖先がユダヤ教徒であることをプルースト自身がはっきり自覚していたことを示す貴重な資料である。

プルーストが自身のユダヤ性を強く意識したのは、十九世紀末、ドレフュス事件によって激化した反ユダヤ主義の結果である。それをうかがわせるふたつの証言を引用しよう。

一八九六年五月、ゾラが「フィガロ」紙に流刑中のドレフュスを擁護する文章「ユダヤ人のために」を発表したとき、これに関連してプルーストは先輩作家ロベール・ド・モンテスキウに宛ててこう書いた。「ユダヤ人についてのお訊ねに、昨日はお答えしませんでした。私自身は父や弟と同じくカトリックですが、それにたいして母はユダヤ人であるというごく単純な理由からです。これがこの種の議論を差し控える充分な理由になることはご理解いただけるかと思います」

さらに『ジャン・サントゥイユ』には、一八九八年春、破毀院《はきいん》（フランスの最高裁判所）によるゾラ有罪判決の直後に執筆されたこんな一節がある。「われわれはみずから主張したかったことであるにもかかわらず斥けてしまった意見をひと言で正当化してくれる人たちのある種の大胆さと奔放さを目の当たりにすると、途方もなく大きな歓びを覚えずにはいられない。というのもわれわれは、つねに誠実たろうとすると〔…〕、自分自身の意見を信用する図々しさを持ちあわせることができず、えてして自分にいちばん不利な意見に与《くみ》しがちだからである。それゆえわれわれはユダヤ人としては反ユダヤ主義を理解できるし、ドレフュス派としてはゾラを有罪とした陪審団を理解できる」

この一節は、哲学者エミール・ブートルーがユダヤ人を擁護した公開書簡と、反ユダヤ主義者ドリュモンが自身の機関紙「リーブル・パロール」においてプルーストを「この国にやって来たばかりのひと握りのユダヤ人」のひとりとして名指しで誹謗したことへの反応である。文中の「われわれ」（原文では単数）は「プルースト本人」と解釈すべきだという（村上祐二の仏語博士論文「プルーストの作品におけるドレフュス事件」および「思想」特集「時代の中のプルースト」所収の論文「一八九八」）。

このふたつの証言に拠るとプルーストは、世間の白眼視に直面したときにはユダヤの出自について発言を差し控える一方、激化する反ユダヤ主義を前に「ユダヤ人としては反ユダヤ主義を理解できる」と、差別する側の目で自己を見つめている。この視点が、作中のユダヤ人の描写を理解する鍵ではないか。

プルーストと作中のユダヤ人

プルーストは、自己のユダヤ性を主人公の「私」には付与せず、それをスワンやブロックやニッシム・ベルナールらの登場人物へ割りふった。これら作中のユダヤ人たちがつねに揶揄され嘲笑されているように見えることから、プルーストを反ユダヤ主義者とみなす論者もいるが、筆者は与しない。そもそも差別がなければユダヤ問題は存在しない。作者はスワンの「ユダヤ人との精神的連帯」は「ドレフュス事件と、反ユダヤ主義のプロパガンダとが互いに結びついて目覚めさせたもの」(⑧二一〇)だと指摘するが、これはそっくりプルースト自身に当てはまるのではないか。作家は、自己の体験をもとに、差別する他者(社会)が見つめたように、社交界で揶揄されるブロックやスワンを描いたと考えるべきだろう。

たとえばブロックは、社交界のパーティーへ「イスラエルの民のひとりがまるで砂漠のかなたから現れたみたいに、ハイエナよろしく身をかがめ首を斜めにかたむけて登場」(⑥三四)する。この描写に接した読者は、プルーストがユダヤ人を揶揄し差別しているとみなしかねない。しかしここで語り手はブロックについて「異国趣味の愛好家にとっては、身なりはヨーロッパ風でも、見た目はあいかわらずドゥカンの描いたユダヤ人と同じく奇異で興趣をそそる存在なのである」(同上)と付言している。「異国趣味」や「興趣をそそる存在」という但し書きから明らかなように、この一節はブロックのすがたが社交人士の差別の目にどのように映ったかを語ったものなのだ。

スワンに死相があらわれたとき、先祖伝来のユダヤ人の風貌が際立つようになったという描写も、ユダヤ差別の言辞と受けとられかねない。「スワンのポリシネルふうの鼻は、整って好感のもてる顔のなかに長いあいだ吸収されていたが、鼻を小さく見せていた頬がなくなったせいか、あるいは一種の中毒症状たる動脈硬化の影響で、酔っぱらったときのように赤らみモルヒネを摂りすぎたときのように変形したせいか、いまや巨大に膨れて真っ赤になり、さる一風変わったヴァロワ王家の人の鼻に見えるというよりも、むしろ年老いたヘブライ人の鼻のように見えた」(⑧二〇九−一〇)。

ここで考え合わせたいのは、死期を悟ったスワンが過去の恋愛体験を振りかえる箇所である。

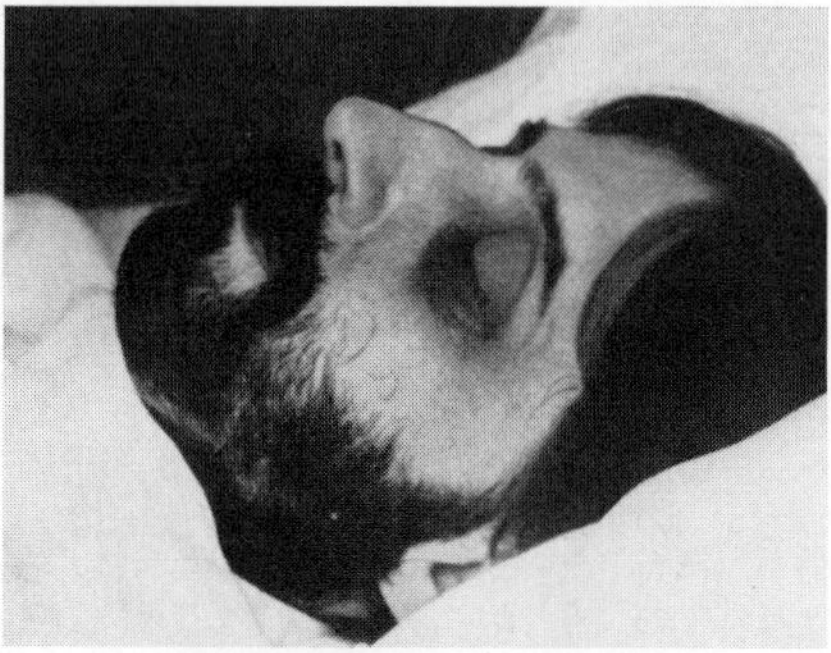

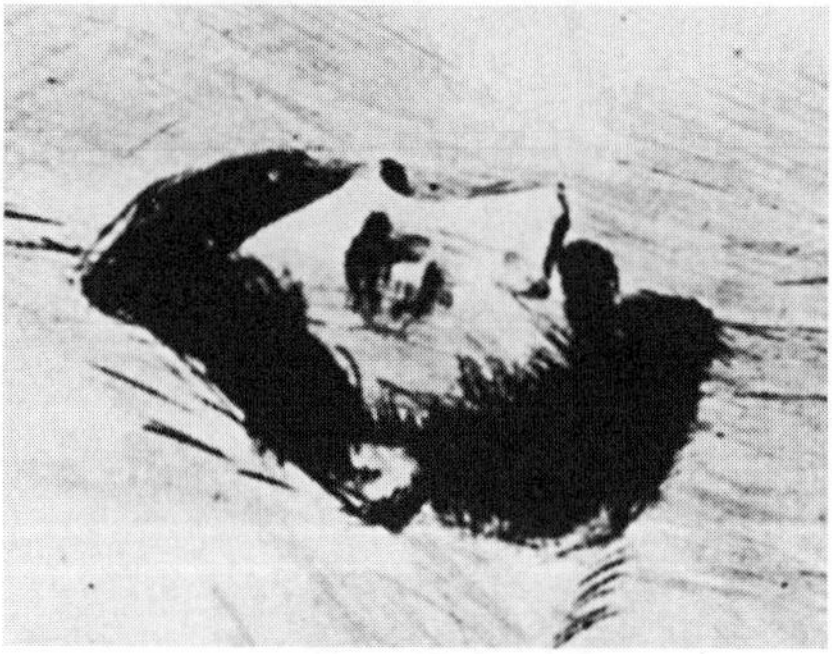

図20　プルーストの死に顔(マン・レイ撮影)(上)
図21　プルーストの死に顔(ポール・エルー筆)(下)

スワンは「自分の心をまるでショーウインドーのように自分自身に向けて開いて、他人がとうてい経験しなかったであろう数々の恋愛をひとつまたひとつと眺めてみる」(⑧二三七–二三八)。こうして見るとさきの死相も、プルーストが「自分の心を〔…〕自分自身に向けて開いて」認めた自己の死の影とユダヤ人としての自覚を、みずから分析したようにも読めるのだ。

スワンの死相をめぐる一節を読む者は、プルースト自身の死に顔、とりわけマン・レイが撮影した写真(図20)やエルーが描いたデッサン(図21)を想いおこすだろう。差別的である他者の目を自分自身に向けることによって、プルーストは苦渋にみちたスワンの最期の生彩あふれる描写をものすることができたのである。

２　「私」と「ソドムとゴモラ」

神の「硫黄の火」によって滅ぼされた旧約聖書の色欲の町にちなみ、プルーストは男性同性愛をソドム、女性同性愛をゴモラと呼びならわした。大作の後半は「ソドムとゴモラ」の「一」「二」「三」と題され、同性愛を中心主題とする。作中人物のなかで、シャルリュスとジュピアンをはじめ、ニッシム・ベルナール、ヴォーグーベール、モレル、ゲルマント大公、サン＝ルーらがソドムの男であることが判明し、ヴァントゥイユ嬢、女優レア、ブロックの妹らがゴモラの女だとわかる。ところが「ソドムとゴモラ 三」の第一部『囚われの女』と第二部『消え去ったアルベルチーヌ』では、「私」は前述のように恋人アルベルチーヌの同性愛を疑うが、その実態はかならずしも明らかにならない。

ソドムの時代背景

『失われた時を求めて』において男性同性愛がなぜこれほど重要な位置を占めるのか。まず考慮すべきは、小説が構想されその舞台ともなった十九世紀末から二十世紀初頭という時代背景である。古代ギリシャ以来いつの世にも存在した男色は、とりわけ宮廷や上流階級ではさほどの咎めも受けずに広まっていた。ところが十九世紀末には、男性同性愛が犯罪として法制化されるとともに同性愛事件がスキャンダルとして世間の耳目を集めた。

男性同性愛が一八八六年から非合法とされたイギリスでは、一八九五年、オスカー・ワイルドが男色事件で逮捕され、二年間の獄中生活のあと、パリで客死した。作中に「前日まではロンドンのありとあらゆるサロンで歓待され、あらゆる劇場で喝采されていた詩人が、翌日にはあらゆる家具付きの貸間から締め出され、頭を休める枕さえ見出せ」ないと記されているのは(⑧五一-五二)、このワイルド事件を念頭に置いたものである。

それ以上に同性愛にかんする議論を巻きおこしたのは、ドイツ皇帝ヴィルヘルム二世側近の同性愛をめぐるオイレンブルク事件である。事件の要因は、皇帝が恋人の外交官オイレンブルクを重用し、その側近たちを要職につけ(そのひとりビューローは、一八九七年に外相、一九〇〇年に宰相に就任)、これら同性愛者たちを指南役としていたことにある。

ドイツ帝国刑法では、一八七一年制定の第一七五条により、男性間の性行為は二年以下の懲役とされていた。事件は、強硬派のジャーナリストが皇帝の対外政策の欠陥は宮廷に蔓延する女性的側近のせいだと、オイレンブルクとベルリン軍司令官を同性愛者として告発したことに始まる。オイレンブルクは一九〇八年五月、同性愛をめぐる偽証罪で逮捕され、その後に病状が悪化、裁判で無罪を証明できなかった。

プルーストは「同性愛をめぐる裁判」(一九〇七年十一月のロベール・ド・ビイ宛て書簡)としてこの事件に関心を寄せ、当時「ペデラスティにかんする評論」(一九〇八年五月のルイ・ダルビュフェラ宛て書簡)を書く構想を語っていた。作中ではシャルリュス男爵がこの事件を暗示し、『ゲルマントのほう』では「取り巻きたちは皇帝の妄想を治そうとしている」(⑥二六六)と語り、『ソドムとゴモラ』では「オイレンブルク事件」の「もっとも高い地位にある被疑者のひとり」(⑨二二五)に言及する。

元来、男性同性愛を指すフランス語として十六世紀から使われていたのは、ギリシャの少年愛(パイデラスティア)に由来する「ペデラスティ」なる語であった。聖書の町ソドムに由来する「ソドミー」やその実践者「ソドミット」は、さらに古い用語である。

プルーストが用いた「同性愛」や「倒錯」なる語は、世紀の変わり目に新たにつくられた概念で、どちらも刑法第一七五条の撤廃を求めたドイツの医師たちが提唱した用語である。男性同性愛を「自然に反する」性欲とみなす旧弊を斥け、「病気」として把握しようとしたのだ。とりわけ同性愛解放運動の先駆者とされるカール＝ハインリヒ・ウルリヒス（一八二五―九五）は、同性愛を「男性の体をした女性の魂」ないし「女性の体をした男性の魂」をもつ「自然」の状態と主張した。「ソドムとゴモラ 一」で語り手が、同性愛を「不治の病い」（⑧五二）と断定し、「倒錯者」の男には「女」が潜在すると解釈し、それが「自然」（⑧六六）だと言明する箇所には、当時の学説が反映されている。

男性同性愛の原因を「男＝女」（⑧二一）とする解釈、つまり男性の身体のなかに女性の心が潜んでいるためべつの男を求めるという解釈は、当時の理論では首肯すべき理屈に見えるが、小説本文の記述と照合するだけで矛盾が露呈する。シャルリュスは「女なのだ！」（⑧四九）とされるが、ジュピアンと気を惹きあう場面では「巨大なマルハナバチ」（⑧三一―三二）にたとえられ、むしろ男役を演じている。「雌」（⑧三一）とされるのは、「マルハナバチにたいしてランの花がするような媚《こび》をふくんだポーズ」（⑧二八）をするジュピアンのほうだ。これは「倒錯者」が「男らしい男を求める」（⑧八一）という理論と齟齬をきたす。プルーストもこの「男＝女」説の欠陥に気づいていたようで、これは「当時の私が想い描いていたがあとで修正される理論」(⑧五一)だと断っている。

プルースト自身の同性愛

時代背景のつぎに考慮すべきは、プルースト自身の同性愛であろう。その実態は謎につつまれているが、すでに検討したようにプルーストが青年期の多くの友人をはじめ、のちに運転士兼秘書として雇ったアルフレッド・アゴスチネリらと、濃淡の差はあれ、なんらかの同性愛的関係を結んでいたことは疑いようがない。

ギリシャの少年愛に由来する用語「ユラニスム」を好んだアンドレ・ジッドは、一九二一年五月十四日の日記に前日のプルーストとの対話についてこう記した。「プルーストは自分のユラニスムを否定したり隠したりするどころか、それを表に出した。いや、それを鼻にかけていた、と言いたいほどだ。女は精神的にしか愛したことはなく、セックスは男としかしたことはないと言う」

第一次大戦中の一九一八年一月、プルーストが両親の家具や絨毯《じゅうたん》を提供した男性同性愛者向けの娼家マリニー館(右岸のアルカード通り)が警察の立入検査を受けたとき、そこに「プルースト、マルセル、四十六歳、金利生活者、オスマン大通り一〇二番地」がいたという調書が残る(レジス・ルヴナン『パリにおける男性同性愛と男娼売春』)。またプルーストは、メモ帳「カルネ1」や「一九〇六年の手帖」に、同性愛者用の施設だった「マドリッド・ホテル」(ブルス通り)のアドレスを記している。

ただしプルースト自身は、親しい人以外におのが性的指向を認めたことはなく、ことあるごとにそんなうわさを否定し、第1章で見たように、リュシアン・ドーデとの仲を誹謗した作家ジャン・ロランと決闘までした。

同性愛なるものは、ユダヤの出自と同様、それを差別する他人の目を通してのみ問題化する。『ソドムとゴモラ』の語り手が「同性愛が正常な状態であったときには異常な者は存在しなかったこと、キリスト以前には反キリスト教徒など存在しなかったこと、恥辱のみが犯罪をつくること」(⑧五四)を強調するとおりである。プルーストは、ソドムの町の再建やシオニズム運動によるイスラエル国家の建設をめざすのは「致命的な誤り」だと言う(⑧八六-八七)。どちらも同性愛者やユダヤ人だけの集落を形成して、異質な者との共存を否定するからであろう。

同性愛者への差別や揶揄

　プルースト自身が同性愛者であったのに、『ソドムとゴモラ』には同性愛者を糾弾するかのごとき言辞が目立つ。本章の冒頭にも引用した「倒錯者は殺人を犯すもの」とか、「ソドミストたちは祖先が呪われた町から逃れるのを可能にした虚言を遺伝として受け継いで」いる（⑧八六）とかの言辞である。これは同性愛者がなによりも他人の同性愛をあばくのに熱心で、「おのが悪徳をまるで自分のものではないかのような口ぶりで面白おかしく語りあう」（⑧五八）のと同じく、プルーストが自分自身に同性愛の嫌疑がかからぬように仕向けた欺瞞《ぎまん》なのであろうか。

　差別的に見えるこのような言辞は、ユダヤ人の場合と同様、プルーストが同性愛者を「自分がこうむる排斥や自分がなめる恥辱」（⑧五三）の視点から描いた結果だと、筆者は考える。「ソドムとゴモラ　一」の記述では、同性愛者の置かれた状況が「世間が不適切にも悪徳と呼ぶもの」（⑧五六）とか、「自分の欲望が、罰せられる恥ずべきもの、とうてい人には言えぬものとみなされていること」（⑧五〇、傍点はいずれも引用者）とか、差別する世間の目で眺められている。

　プルーストは、同性愛者にも「自分自身のうちに認めるのを避けてきたあらゆる欠陥」（⑧五二）や醜い偽善があることを見逃さず、それを差別する世間という鏡に映し出すように描き出したのではなかろうか。

プルーストは自己の内なる同性愛者を、主体としての「私」には(自己正当化の危険を避けて)仮託せず、差別される客体として自己を眺め、それを作中の同性愛者たち、つまりシャルリュス男爵、ヴォーグーベール氏、ニッシム・ベルナール氏らに担わせたと考えられる。たとえばシャルリュスは、バルザックの同性愛小説を愛読し、『幻滅』で男色家ヴォートランがかつて愛した青年の館の前を通りかかってもの想いにふける場面を「ペデラスティの「オランピオの悲しみ」」と表現する(⑨四四二-四三)。これは『サント゠ブーヴに反論する』のバルザック論において「ここのところを同性愛の「オランピオの悲しみ」と名づけ」たプルースト自身の指摘を男爵に仮託したものにほかならない。

さきの引用でプルーストは「同性愛が正常な状態であったときには異常な者は存在しなかった」と断言していた。その場合、なんの葛藤もおこらない。この意味で興味ぶかいのは一九二一年、ジッドから託された当時未発表の『コリドン』私家版を読んだ直後、プルーストが『囚われの女』に加筆した一節に、ギリシャの少年愛を礼讃した『コリドン』にたいする、暗黙の、だが明々白々たる批判が読みとれることである。曰く、「古代において青年を愛することは、こんにちなら(プラトンのさまざまな理論よりもソクラテスの冗談がその事情を明らかにしてくれるように)踊り子を囲っておき、やがて婚約するようなものであった」(⑪三八)。

プルーストに言わせると、古代ギリシャにおける少年愛は、聖人君子による若者の教育という機能を担った公認の「慣習的な同性愛」(同上)にすぎず、それゆえプラトンの『饗宴』を締めくくる対話でソクラテスは若いアルキビアデスからの恋の告白を嘲笑したのだ。当時の少年愛は、現代なら別の女性と立派な「婚約」をする前に「踊り子を囲う」に等しい行為だったというのである。

ジッドが理想化した古代ギリシャの少年愛をプルーストが批判したのは、社会から公認された慣習がなんら精神的葛藤を生まないからである。いまやプルーストがなぜ同性愛者の屈辱と悲哀ばかりを描くのか明らかだろう。屈辱こそ人間精神のドラマを明るみに出す恰好の機会だからである。つぎのきわめて重要な一文は、プルースト自身が同性愛をいかに捉えていたかを如実に示している。「さまざまな障害にもかかわらず生き残った同性愛、恥ずかしくて人には言えず、世間から辱められた同性愛のみが、ただひとつ真正で、その人間の内なる洗練された精神的美点が呼応しうる唯一の同性愛である」(⑪四〇)。

一人称の戦略

「主人公」の「私」は同性愛にとり囲まれていながら同性愛者ではない。それは「私」の同性愛的性向を隠すための虚飾ではないかとの疑義がたびたび提起されてきた。シャルリュスの度重なる誘惑をなんら理解できない「私」の態度は不自然である、アルベルチーヌをはじめとする「花咲く乙女たち」は青年たちの性を女へと変換させたものにすぎない、「私」が異性愛者であるならアルベルチーヌの同性愛の相手はライバルたりえないから「私」の嫉妬には根拠がない、などの異論である。たしかに「私」は、サン＝ルーとの親密な関係はもとより、ドンシエールにおける若い軍人たちとの交友など、同性愛者めいた雰囲気を醸し出している。「調律師の音叉のように訓練された私の耳には」相手の男の声を聞くだけで「シャルリュスの仲間だ」とわかるという一節もある(⑧一五三)。

では「私」を同性愛者という設定にすれば、欺瞞の生じる余地のない真摯な物語が書けるのだろうか。一人称による実話、昨今のフランスの用語でいう「オートフィクション」、日本文学でいう「私小説」なら真実が書けるのだろうか。かりにプルーストが自己の同性愛体験を赤裸々に語ったとしたら、うそ偽りのない『失われた時を求めて』が書けたのだろうか。みずからも同性愛者で、同性愛文学の歴史を隈なく調査したドミニック・フェルナンデスはこれを否定し、そのような直截《ちょくせつ》な書きかたでは「もっとも低俗・劣悪な異性愛文学のポルノグラフィックな表現」に堕すると言う(『ガニュメデスの誘拐』岩崎力訳)。

ジッドは一九二三年十二月、『コリドン』校正後の日記に「私は嘘が大嫌いだ、私のプロテスタントの信仰が緊急時に拠り所とするのはその点である」と記した。それゆえジッドは『一粒の麦もし死なずば』において波瀾万丈の自己の青春を語るのに一人称を選択したのだろう。これにたいしてプルーストは真摯といわれる告白にきわめて懐疑的である。というのも作家の見るところ「嘘をつき、偽りの誓いを立てて生きてゆかざるをえない」のは、「呪われた不幸にとり憑かれ」た種族(⑧五〇)だけの宿命ではないからである。

プルーストは嘘を「最も必要にして最もよく使われる自己保存の道具」(⑩三八一―八二)だと考え、小説中に嘘をつく人物をあふれさせた。このような嘘の支配から作家は、「その人に軽蔑されるのが最も辛いのでわれわれがいちばんよく嘘をつく相手」は「われわれ自身」だという究極の結論をひき出した(⑨六九)。さきに引用したユラニスムをめぐるジッドとの対話でプルーストは、「なにを語ってもいいが、けっして「私」とは言わないこと」を勧めたという。これは自分の発言の責任をとらないための言い逃れではなく、いかなる一人称の告白も陥りかねない自己正当化という危険にたいする明晰な不信の表明と考えるべきだろう。プルーストが主人公の「私」を情けない身勝手な男として描いたのは、一人称による自己正当化を避ける目的もあったと解釈できるのである。

判然としないゴモラ

ソドムの末裔たるシャルリュス、ジュピアン、モレルらの同性愛は明らかで疑いようのない事実として提示される。これにたいして、『失われた時を求めて』における女性同性愛は（女優レアやブロックの妹などの副次的人物をべつにすると）ジルベルトやアンドレやアルベルチーヌら主要人物の場合にはきわめて曖昧で、まったく判然としない。

主人公の少年が自尊心からジルベルトに二度と会わない決心をしたのは、ある夕べ、娘が「脇にいる若い男」とシャンゼリゼ大通りを下ってゆくのを見かけたからである（③四二四）。ところで『見出された時』におけるタンソンヴィル滞在場面の原稿には、こんな加筆があった。「私はジルベルトに訊ねた。それは男装のレアで、レアがアルベルチーヌと知り合いなのは承知しているが、それ以上のことは言えないという」（⑬三一注15）。ところが小説本文ではこの一節は採用されず、こう記されている。「そのときだれといっしょにシャンゼリゼをくだっていったのかと私〔は〕ジルベルトに訊ねなかった」（⑬三〇）。主人公がこの質問を口にしなかったのは、いまやジルベルトに無関心になっていたからである。愛する女にかんする同性愛疑惑も、恋心がなくなれば消滅するのだ。

アルベルチーヌのゴモラ疑惑も、同様に判然としない。第4章で検討したように、アルベルチーヌはヴァントゥイユ嬢の女友だちとの関係について「私」に相矛盾するふた通りの告白をし、相手と同性愛の関係があったかどうかは明確にならない。アルベルチーヌはほんとうにゴモラの女なのか、プルーストは意図して、読者がそれを判断できないような書きかたをしているとしか思われない。ここでも作家は「愛する女性にはなにひとつ性格を与えない」（④五三七－三八）という戦略をとった。恋する相手の謎は、相手の真相を知りたいという恋心ゆえに生じるものであるから、恋愛感情がつづくかぎり謎はつづく。無関心になれば、やはり事実はわからないが、もはやそれは謎として意識されない。

3　ソドムとゴモラの「結合」

このように対照的に描かれている「ソドムとゴモラ」には、あまり注目されていないが両性愛者も少なからず含まれる。ここではその典型例として、ゲルマント大公と「一夜をともにし」

(⑨五〇三)、シャルリュス男爵の庇護を受ける美青年シャルル・モレルに注目しよう。

プルーストは一九二一年六月、「N《エヌ》R《エル》F《エフ》」誌に寄せた文章「ボードレールについて」のなかで、『悪の華』の詩篇「レスボス」から「レスボスの島は、地上すべての者のなかで俺を選んだ／その島の花咲く乙女たちの秘密を歌うために」を引用して、モレルについてこう書いた。

「私はソドムとゴモラとのこの「結合」を自作の終わりのほうで〔…〕シャルル・モレルという粗野な男に委ねたが〔…〕、ボードレールはきわめて特権的なやりかたでこの関係にみずから自身を「当てはめた」ようである。ボードレールがなぜこの役割を選びとり、いかにこの役割を果たしたのか、それを知ることができればどんなに興味ぶかいことであろう。シャルル・モレルの場合には理解できることが『悪の華』の作者にあっては深い謎のままなのである」

ボードレールのレスボス詩篇がなにゆえ「ソドムとゴモラの「結合」」を示しているのか？なぜモレルがこの「結合」を体現しているのか？この謎を解明する鍵は、ボードレール論では黙して語られていないが、プルーストが同時期ジッドに「女は精神的にしか愛したことはなく、セックスは男としかしたことはない」と告白したときロにしたというつぎの発言にある。

「ボードレールはユラニストだった。ボードレールがレスボスについて語るやりかた、いや、それについて語りたいという欲求を見るだけで、それは充分に確信できる」

この際、ボードレールが本当にユラニストであったかどうかは問うまい。シャルリュス男爵やプルースト自身の同性愛にも、肉体的なものと精神的なものとが濃淡を問わず混在していたからである。興味ぶかいのはプルーストが、ボードレールはソドムの男である（その傾向がある）がゆえにゴモラの女の「秘密」に近づきえた、と確信していたことである。その一方でプルーストは、これまた同時期の一九二一年に執筆した『囚われの女』の一節で、モレルをきわめて特殊なバイセクシャルの男として描いていた。作中でレスビアンとして知られる女優レアが、モレルに宛てた恋文で、相手をもっぱら「女」としてあつかい、「貴女《あなた》って下劣！　まったく！」「あたしのいとしい女《ひと》、あなたもやっぱりあの仲間なのね」（⑪六二）と語ったというのだ。ソドムの男でありながらゴモラの女の愛人となったモレルは、プルーストがボードレール論で指摘した「ソドムとゴモラの「結合」」を体現していたのである。

モレルに見られる「ソドムとゴモラの「結合」」は、いかなる心理的・生理的根拠に基づく行為なのだろう。「当時の私が想い描いていたがあとで修正される理論」（⑧五二）では、心は女の男と心は男の女が、たがいに欠けているものを求めあうと解釈されるのだろうか。プルーストはその解答を示していない。

きわめて特殊な性愛に見えるソドムとゴモラの結合は、しかしモレル以外の人物にも認められる。海辺のリゾート地で女性たちの注目を一身に集めていたサン＝ルーは、一時期ユダヤ女ラシェルと同棲し、のちにジルベルトと結婚して娘をもうける。そんな女好きという評判のサン＝ルーが、小説の終盤でじつはモレルを愛するバイセクシャルであることが判明する（⑫五八七）。いや、ただのバイセクシャルではない。主人公の「私」は、その昔サン＝ルーが「きみのバルベックの恋人（アルベルチーヌ）がぼくの母親が求める財産を持っていないのは残念だ、あの娘《こ》とぼくなら意気投合できたはずなのに」と言ったことをふと想い出し、サン＝ルーは「自分がソドムの男であるようにアルベルチーヌはゴモラの女であると言わんとしたのだ」と考える（⑫五八九）。この「私」の解釈が正しければ、サン＝ルーもまた、ゴモラの女を求めるソドムの男だということになる。

ここで語り手の「私」はこう指摘する。「とどのつまりロベール（・ド・サン＝ルー）にも私にもアルベルチーヌと結婚したいという欲望を与えたのは、同じひとつの事実（つまりアルベルチーヌが女を愛する存在であること）だった」（⑫五九〇）。これはなにを示唆するのか。主人公の「私」もまた、ゴモラの女を愛するソドムの男である可能性でなくてなんであろう。もちろん語り手は「ふたりの欲望の原因は、その目的と同様、まるで違っていた」と断ったうえで、その違いをこう説明している。「私の場合はその事実を知って絶望したのが原因であったのにたいして、ロベールの場合はそれを知って満足したのが原因であった。私の場合は、たえまない監視によって、アルベルチーヌがその嗜好にふけるのを妨げるのが目的であったのにたいして、ロベールの場合は、その嗜好を育て、アルベルチーヌを自由に放任して、自分のところへ女友だちをどんどん連れてこさせるのが目的だった」(同上)。

たしかに作中の「私」はけっしてソドムの男ではない。しかし主人公の想いを書きとめる語り手の「私」には、ソドムの男であった生身のプルーストの想いが多かれ少なかれ反映している可能性がある。モレルやサン＝ルーがソドムとゴモラの「結合」を体現していると指摘する語り手の背後には、『悪の華』で「レスボスについて語るやりかた、いや、それについて語りたいという欲求を見るだけで」ボードレールを「ユラニスト」だと断定したプルースト自身がまぎれもなく存在するからだ。

そうだとすると、小説では異性愛者としかみなされない「私」にも、そうとは明記されないけれど、サン＝ルーと同様のソドムの男の想いが反映しているのかもしれない。そもそも「私」とサン＝ルーとの関係には、単なる友情以上の親密さがにじみ出ていた。サン＝ルーがモレルと関係を持ったことを知ったとき、「私」が「こみあげる涙をなんとかこらえざるをえなかった」(⑫六〇六)という箇所も、その反映だと読みとれないこともない。作中の「私」がアルベルチーヌの同性愛に執拗にこだわるのは、本人は否定しているが、もしかするとサン＝ルーと同様の「ソドムとゴモラの「結合」」を希求するからではないのか。もしそうなら『失われた時を求めて』は、随所におのが物語の根拠を提示する小説であるというにとどまらず、ときにはその整合性に破綻を生じさせ、「私」の語りにさえ疑問を投げかけさせる端倪《たんげい》すべからざる物語ということになる。プルーストの小説における「私」は、人間の精神一般がそうであるように、解き明かしえぬ深い闇につつまれているのだ。

第9章

サドマゾヒズムから文学創造へ

マンテーニャ
『聖セバスティアヌス』

プルーストの小説は、日本ではあまりにも審美的に読まれてきたのではないか。紅茶に浸したマドレーヌの味覚から過去の田舎町がよみがえる無意志的記憶や、バルコニーに射す光と影の印象など、幸福な瞬間を明るみに出すことばの魔術に、読者が惹かれるのは当然であろう。しかし『失われた時を求めて』の大半を占めているのは、スワンや「私」をさいなむ嫉妬をはじめ、ユダヤ人や同性愛者がこうむる屈辱など、むしろ苦痛の体験である。しかも多くの登場人物は、その苦痛をみずから自身に課しているように見える。みずから自身に苦痛を与えるのはサドマゾヒズムではないか。なにゆえプルーストの長篇には、わが身に苦痛を背負いこむ人間ばかり描かれるのだろう。

1　ソドムとゴモラにまつわるサドマゾヒスト

自身を鞭打たせるシャルリュス男爵

筆者がプルーストにおけるサドマゾヒズムなる概念を想いついたのは、『見出された時』に描かれた大戦下のパリで、同性愛者シャルリュスが男娼館でわが身を鞭打たせる場面からである。夜のパリを歩き疲れた「私」は、男娼館とは知らず、とあるホテルの部屋でのどの渇きを癒しているとき、この衝撃的な場面に遭遇する。

不意に、廊下のはずれのひとつだけ離れた部屋から、押し殺したうめき声が聞こえてくるような気がした。そちらへ駆け寄った私は、ドアに耳を押しあてた。「お願いです、お赦しを、お赦しを、ご勘弁を。どうかほどいてください、そんなに強く打たないでください」と言う声が聞こえる、「両方のおみ足に接吻いたします、おっしゃるとおりにいたします、もう二度としません。どうかご勘弁を。」「ならん、極道者め」と、もうひとつの声が答える、「お前がそんなにわめいて這いずりまわるから、ベッドへ縛りつけられるんだ、勘弁ならん」という声のあと、ぴしりとバラ鞭の鳴る音が聞こえてきたが、おそらくその鞭には鋭い鋲《びょう》がついているのだろう、つづいて苦痛の叫びが響いた。そのとき私は、この部屋の横に小さな丸窓があり、そのカーテンが閉め忘れられているのに気づいた。暗がりを忍び足でその丸窓まで近寄った私が目の前に見たのは、岩に縛られたプロメテウスのようにベッドに縛られ、果たせるかな鋲のついたバラ鞭でモーリスに打ちすえられ、すでに血まみれになり、こんな拷問がはじめてではないことを証拠だてる皮下出血の痕に覆われた男、シャルリュス氏だった(⑬三一九-二〇)。

シャルリュス男爵の性的妄想は、屈強で凶暴な男に自分を痛めつけさせることにある。男娼館の経営を任された男爵の昔の恋人ジュピアンは、男爵に「この夢が現実化したような幻想」を与えるため、「木のベッド」を「鎖とよく合う鉄のベッド」にとり替え(⑬三七三-七四)、男爵の相手役を凶悪犯に見せるため、雇い入れた青年たちを「女門番殺し」や「牛殺し」だと吹聴する(⑬三三四)。しかし男爵自身が「わしを極道者めと呼ぶのが、いかにも教えられたとおりにやってる感じなんだ」(同上)と嘆くように、そのファンタスムが完全に満たされることはない。男爵から謝礼を受けとった青年が「これは歳とったおやじとおふくろに送りますよ」(⑬三四五)と言うように、雇われているのはおおかた心根の優しい若者であるからだ。

叶わぬ性的妄想に駆られて自身を鞭打たせるシャルリュスは、苦痛を受けることに快感を覚えるのだから、ふつうならマゾヒスト(仏語マゾシスト)と呼ばれるところであろう。ところが『失われた時を求めて』には「マゾシスト」なる語は一度もあらわれず、この一節でも「サディストらしい快楽」(⑬三四一)や、「サディストには〔…〕悪への渇望がある」(⑬三四六)など、一貫して「サディスト」(仏語サディック)という呼称が使われている。十八世紀の作家サドに由来する「サディスト」という語にせよ、十九世紀の作家ザッハー＝マゾッホの名に基づく「マゾシスト」という語にせよ、いずれも十九世紀末にはフランス語として定着していた(『グラン・ラルース仏語辞典』『トレゾール仏語辞典』)。にもかかわらずプルーストは、なにゆえシャルリュス男爵をもっぱら「サディスト」と呼ぶのだろう。

もちろんプルーストが「サディスト」なる語を広く認められた意味で用いている場合もある。女優のラシェルが舞台裏でとあるダンサーに色目をつかい、そばにいる恋人ロベールを嫉妬で苦しめたあげく、「ごらん、この人、苦しんでるのよ」と言ったとき、ラシェルは「一時的にサディストの残忍な衝動」(⑤三九〇)に駆られていたと語り手は説明する。この場合は「他人に苦痛を与えて快楽を味わう人」というサディストの一般的用法にほかならない。

父親の遺影を汚させるヴァントゥイユ嬢

苦痛を受けることに快楽を覚えるシャルリュスがなぜ「サディスト」と呼ばれるのか。この疑問を解消するには、もうひとつの「のぞき」の場面、小説冒頭、コンブレーの町はずれのモンジュヴァンで、主人公の少年がかいま見るヴァントゥイユ嬢とその女友だちの同性愛場面をふり返らなければならない(①三四四―五四)。女友だちは、ふたりの性愛の前戯として、ヴァントゥイユ嬢の亡き父親の遺影につばを吐きかけるという冒瀆行為に出る。小説本文にも「まさか、できないって? つばを吐くのが? これのうえに?」と友だちはわざと乱暴に言った」(①三五一、傍点は原文)と明記されている。ところがプルーストは、この女友だちではなく、ヴァントゥイユ嬢のほうを「サディスト」(①三五二)と呼んでいる。これはどう解釈すべきか。

ここで留意すべきは、ヴァントゥイユ嬢が、ただ受け身でこの冒瀆をこうむるわけではないことである。ヴァントゥイユ嬢は、みずから「小さなテーブルをそばに引き寄せて写真を置いた」(①三四六)うえで、「自分が注意してやらなければ友だちが写真を見ることはないのを察して」、「あらいやだ、お父さんの写真が私たちを見てるじゃないの」(①三四九)と言って、冒瀆行為のお膳立てをしている。つまりヴァントゥイユ嬢の快楽は、愛する父親の写真を冒瀆されるという「マゾヒスト」特有の受動的快楽に見えて、そのじつ冒瀆をそそのかして自分に苦痛を与えさせるという「サディスト」の能動的快楽でもあるのだ。

ふたりのサドマゾヒスト

シャルリュス男爵も、ヴァントゥイユ嬢と事情は同じである。マゾヒストとして受け身の快楽をむさぼるため、サディストとして自分に苦痛を与えるお膳立てをしているのだ。つまり、プルーストがこのふたりを形容した「サディスト」なる概念は、ずっと後の一九六〇年代によう やく定着する「サドマゾヒスト」(『グラン・ラルース仏語辞典』『トレゾール仏語辞典』)の意味で用いられているのである。

しかし用語はいまだ存在していなかったとはいえ、炯眼の観察者がこの事態を察知しなかったはずがない。実際、同一人物のなかにサディストとマゾヒストの性向が共存しうることに気づいたのは、プルーストひとりではない。ほぼ同時期、フロイトも同様の事例を確認していた。フロイトが『性理論のための三篇』(一九〇五)に記したつぎの見解は、プルーストの「サディスト」(実態はサドマゾヒスト)をめぐる記述と驚くほど似ている。「この目標倒錯の最も目立った特徴は、その能動形式と受動形式がいつも、同一の人物のなかに二つ揃って見出される点にある。性的関係において他人の苦痛を生みだすことで快を感じる者は、性的関係から自分に生じるかもしれない苦痛を、快として享受する能力もある。サディストはつねに、同時にマゾヒストである」(岩波版『フロイト全集6』所収の渡邉俊之訳)。

『失われた時を求めて』の作家は、もしかすると精神分析の創始者から影響を受けたのだろうか。当時のフランスでは、ドイツ嫌悪と反ユダヤ主義が相まってフロイトの受容が遅れ、その著作がはじめて仏訳されたのは一九二〇年十二月から翌年二月にかけて「ルヴュ・ド・ジュネーヴ」誌に三回にわたり掲載された「精神分析の起源と発展」（原著は一九〇九年の「精神分析について」）においてであった。たまたま連載の最終回を読んで感激したジッドは、一九二一年五月、プルーストに「フロイトの驚くべき論文」をまだ読んでいなければ喜んで貸すと書きおくった。残念ながらプルーストは、この勧めを受けいれた形跡がないばかりか、のちに批評家ロジェ・アラールに「私がフロイトの文章を理解できなかったのは、その著作を読んだことがないからです」と書いている。

このように直接の影響は認められないけれど、小説と精神分析は、並行して独自の道を歩みつつ、そう命名される以前の「サドマゾヒスト」という概念にともに到達したと考えるべきであろう。

プルーストの小説に戻ると、冒頭の「コンブレー」になぜ唐突に女性同性愛（ゴモラ）にかんする「のぞき」が出てくるのか、いまや明らかだろう。それは小説末尾の男娼館にあらわれる男性同性愛（ソドム）をのぞき見る場面を予告し、それと対をなすためにちがいない。同性愛の当事者たるヴァントゥイユ嬢とシャルリュス男爵がともに「サディスト」と呼ばれているのも、偶然とは思われない。ヴァントゥイユ嬢の同性愛をのぞき見る場面には、すでに見たように

「モンジュヴァンで感じた印象がもとになって、当時は理解できなかったその印象から、ずいぶん後に私はサディスムの概略を知ったのかもしれない」(①三四四)と、シャルリュス男爵が鞭打たれる最終篇の場面が予告されていた。シャルリュス男爵とヴァントゥイユ嬢は、「ソドム」と「ゴモラ」を代表する一対の「サディスト」として、つまり現代の用語でいうサドマゾヒストとして、長篇の冒頭と末尾に登場したのである。

2　『失われた時を求めて』に頻出するサドマゾヒスト

わが身に苦痛を与えるサドマゾヒストは、ふたりの同性愛者にとどまらず、多くの登場人物にも認められる。たとえば嫉妬にもだえ苦しむスワンや「私」にも、さらには人種差別の屈辱を自身にひき寄せるユダヤ人にも、同様の振る舞いが見られるのだ。

スワンと「私」のサドマゾヒズム

恋人オデットへの嫉妬に苦しむとき、スワンは自分を罰するような苦痛をわが身に与える。ところがスワンの嫉妬には、確たる根拠がない。オデットはむしろスワンを愛していたとする発言もある。ふたりと同じサロンに通っていたコタール夫人は、「スワンの恋」の末尾で往時をふり返ってスワンにこう言う、「あの人、あなたが大好きなんですよ。ともかく、あの人の前じゃ、あなたのことをあれこれ言うのは御法度ですわ。ひどく叱られますから」(②四一二)。『見出された時』のゲルマント大公邸では、オデット自身が「私」にこう回想する。「スワンさんの場合は、わたしのほうがあの人を狂おしいばかり愛していましたの」(⑭二四二)。

もちろんこれらの発言の信憑性を疑うこともできる。またオデットは、スワンを愛していながら裏切っていた可能性もある。しかしオデットの愛情がかりに真摯なものであったとしても、スワンの嫉妬が鎮静化することはなかっただろう。嫉妬とは「恋心に寄りそう影」(②二〇九)であり、恋心が生みださずにはおかない妄想だから、その根拠の有無など問題にならない。

スワンが嫉妬に苦しむのは、すでに見たように「間違って解釈された可能性のある状況にもとづきオデットがほかの男と通じていると想定される瞬間だけ」(②二二二)であると語り手は断言する。スワンは、「オデットの家からもち帰る官能的な想い出のひとつひとつ」のおかげで、「女がほかの男といるときにどんな熱烈な姿態やどんな恍惚の仕草をするのかが想像できるように」なり、「そうしたものが新たな道具となって、拷問にも等しい責め苦を増大させる」(②二〇九)。語り手によれば、「スワンの嫉妬心は、どんな敵でもためらうほどの渾身の力で打撃を食らわせ、かつて経験したことのない残酷な苦痛を味わわせたのに、それでもまだ苦しみようが足りないとみて、さらに深い傷を負わせよう」(②三八七)とする。わが身にみずから苦しみを与えるこのスワンこそ、明白なサドマゾヒストでなくてなんであろう。

それでは「私」の恋の場合、つまり初恋の相手ジルベルトや、その後のアルベルチーヌへの恋の場合はどうだろうか。スワンの娘ジルベルトに恋い焦がれた少年の「私」は、すでに検討したように些細なゆき違いから、相手が「あなたのこと、ほんとに好きだったのよ、いつかあなたにもわかる日が来るわ」と言うのを信じることができず、二度と「会わない決心」をした(③三四五)。ところがジルベルトは、『見出された時』のタンソンヴィルで「私」に再会したとき、「わたしのほうがあなたを愛していたんですもの」(⑬二七)と告白する。少年の「私」は、ジルベルトから愛されていたかもしれないのに、「自尊心」を守るため、二度と会わない「苦痛」をみずからに課したのである。本人の回顧によれば「私は、自分のなかでジルベルトを愛する自我を残酷にもじわじわと自殺に追いやることに執念を燃やしつづけていた」(③三九八)という。「愛する自我を残酷にもじわじわと自殺に追いやる」こと以上のサドマゾヒズムがあろうか。

「私」がさいなまれるアルベルチーヌへの嫉妬も、みずからつくりだした妄想ではないのか。

アルベルチーヌがゴモラの女ではないかという「私」の疑念が根拠に乏しいことは、すでに検討したように、医者コタールの「鼻メガネを忘れてきた」という発言や、ヴァントゥイユ嬢の女友だちとの親交にかんするアルベルチーヌの相矛盾する告白に明らかだった。

『消え去ったアルベルチーヌ』で恋人は「私」の家を出てゆき、やがて落馬事故で死んでしまう。ところが「私」は、アルベルチーヌの死後でさえ嫉妬にもだえ苦しみ、生前の恋人の素行調査のためにグランドホテルの給仕頭エメを派遣する。エメからはアルベルチーヌの同性愛を疑わせる手紙が届き、「私」は疑念を募らせる。しかしアルベルチーヌがさまざまな女とシャワー室に閉じこもっていたと言う「シャワー係の女」は、そもそも同性愛の現場など見ていない(⑫二二一-二二二)。おまけにそのとき「私」は「あの女はどうやら虚言癖があるようね」という祖母の発言を想い出している(⑫二三一)。

アルベルチーヌが洗濯屋の娘の愛撫を受けて「ああ！　あなた、すごくいいわ」(⑫二四一)と口走ったというエメの報告に「私」は衝撃を受けるが、その娘の証言は、エメが「ご下命には完全に従おう、お気に召していただくためならなんでもやろうという覚悟で」、酒を「飲ませ」たばかりか、「小娘をさそって寝た」ことによる成果なのだ(⑫二四〇-四一)。これもまたエメの証言の信憑性を疑わせるに足る記述である。

要するにアルベルチーヌをめぐる「私」の嫉妬も、ジルベルトへの恋心の苦しみと同じく、自分の妄想がわが身にひきおこした苦痛だと言わざるをえない。たとえその根拠が薄弱であろうと、想像力が豊かで傷つきやすい人間は、みずから生みだした妄想にわが身をさいなまれずにはいられない。恋に苦しむ「私」もまたサドマゾヒストなのである。

ユダヤ人のサドマゾヒズム

作中のユダヤ人の代表格というべきスワンとブロックにも、サドマゾヒストの側面が認められる。ふたりは社交界のユダヤ人蔑視を知りながら、スパイの嫌疑をかけられたユダヤ人ドレフュス大尉への支持を公言して、みずからサロンの笑い者になる。しかしスワンは、不治の病に冒されたときも、ゲルマント公爵夫人が社交界への出席をいかに重視しているかを心得て、夫人にはわが身の不幸を安易に打ち明けない慎み深さを持ちあわせる人間である。ふたりの会話のつぎの抜粋を読むだけで、スワンの遠慮は十二分に理解できよう。

「で、どうでしょう、私たちとイタリアにいらっしゃいませんか？」「奥さま、それが行けそうにありません。」〔…〕

「どうして十ヵ月も前から行けないとおわかりになるのかしら。」「お親しい公爵夫人さまのことですから、どうしてもとおっしゃるのなら申しあげますが、なにしろこのとおり体調がひどく悪いものでして。」〔…〕

「で、要するに、イタリアにいらっしゃれない理由とは?」「いや、それは、親しいおかたですから申しあげましょう、その何ヵ月も前に死んでいるからです。」(⑦五五二-五三)

しかしこの慎重なことば遣いは、自分の信念であるドレフュス支持が問題になると発揮されない。かねてドレフュス支持を公言していたサン=ルーと「私」を相手にしたスワンは、ドレフュス再審を推進してのちに被告に恩赦を与える穏健共和派の大統領ルーベを持ち出してこう言う、「ルーベは全面的にわれわれの味方だそうです、完全に確かな筋から出た情報でね〔…〕こんなことを申しあげるのも、おふたりがどこまでもわれわれと一緒に歩んでくださるものと承知しているからです」(⑧二二七)。ところがサン=ルーは、すでに事件から足を洗い、「こんな事件に首を突っこんだのを大いに後悔しているんです」(同上)とつれない返事をする。こんなふうに自身をみずから屈辱的状況に追いやるスワンもまた、サドマゾヒストだと言えるのではなかろうか。

横柄な口をきく図々しい男として描かれるブロックも、語り手によると「傷つきやすい「神経質な」タイプの人間」(⑥九九)だという。そんなブロックがひどい窮地に陥るのは、ユダヤ人ゆえのドレフュス支持を公言し、ゲルマント家のメンバーに同意を得ようとしたときである。ブロックがベルギー公使のアルジャンクール氏に「あなたはきっとドレフュスを支持しておられますね、外国じゃみんなドレフュス派ですから」と言うと、氏は「それはフランス人同士のあいだでしか問題にならない事件だ、とおっしゃりたいのでしょ?」と答え、暗にブロックはフランス人ではないとほのめかす(⑥一六九)。

ブロックは「失地を挽回せん」として、今度はシャテルロー公爵のほうをふり向き、「失礼、あなたはフランス人ですから、外国じゃみんなドレフュス派だということをきっとご存じでしょう」と同意を求める。しかし公爵は「社交界にありがちな卑怯な男」として、こう答える、「あなたとはドレフュスについて議論できないのです。この事件については原則としてヤフェト族同士でしか話さないことにしているもので」。「ヤフェト族」とは、アーリア系白人の祖先を指すとされる「創世記」の用語である。ブロックは「自分のユダヤの血筋や、いくぶんシナイ山に起因するおのが一面について、皮肉な自嘲のことばを口にする」余裕がなく、おめでたいことに、とっさにこう言ってしまう。「でも、どうしてわかったんです? だれが言ったんです？」(⑥一七〇―七一)。侮辱を受けざるをえない窮地にわざと自分を追いやるブロックの言動もまた、サドマゾヒスト特有の振る舞いであろう。

シャルリュスの言説上のサドマゾヒズム

屈強で凶暴な男に鞭打たれたいというシャルリュス男爵のファンタスムに戻ると、男爵のサドマゾヒストたる快楽は、そのユダヤ蔑視とも受けとれる言説にも認められる。由緒あるフランス貴族を自任する男爵は、すでに『花咲く乙女たちのかげに』で激しいユダヤ嫌悪を口にしていた。フランスの代表的造園家「ル・ノートルが設計した庭園」のある邸宅が「裕福な金融資本家のイスラエル一族」に買いとられたことで「辱《はずかし》めをうけた」と嘆き、「イスラエル一族は監獄にぶちこまれて然るべき」だと息巻いていたのだ(④二七二―七五)。

ところがその男爵は、随所でブロックへの関心を示すのみならず、ブロックがユダヤ会堂で「割礼」や「ユダヤの歌の合唱」や「聖書に基づく寸劇」などを見せてくれないものか、ダビデが巨人ゴリアトを投石で倒したように、ブロックが「父親を叩きのめす」シーンや「はすっぱ《カローニュ》の母親をめった打ち」にする場面を演じてほしいものだと「私」に懇願する(⑥二五九)。ユダヤ蔑視に聞こえるシャルリュスの言辞の裏には、『見出された時』の男娼館で屈強な若者にわが身を鞭打たせるときと同様、ブロックへの同性愛的関心が、つまり「監獄にぶちこまれて然るべき」ユダヤ人の「残忍」な暴力への憧れが隠されているのだ。

シャルリュスは『ソドムとゴモラ』で、ブロック一家がバルベック近在の「ラ・コマンドリ」(元来は騎士修道会の所領名)と称する別荘に住んでいることを知ると、一家がパリでもキリスト教にちなむ由緒正しい名称の通りに居を構える可能性があると指摘し、それを「あの人種に特有の、奇っ怪な冒瀆趣味」(⑨五六〇)だと、ユダヤ人糾弾の長広舌をふるう。ここで語り手は「この長広舌は――文言の表面にこだわるか、文言に秘められた意図に重きを置くかによって――反ユダヤとも親ヘブライとも受けとれる」(⑨五六六)と指摘する。シャルリュスの言辞は、その「文言の表面」はユダヤ蔑視に見えて、その「秘められた意図」はブロックへの性的欲望に貫かれているのだ。シャルリュスのユダヤ人糾弾の言説には、サディスティックなユダヤ人を想像してマゾヒストの昂奮をおぼえるサドマゾヒストの欲望が露呈しているのである。

3　文学に必要不可欠なサドマゾヒズム

このようにサディストとして自分に苦痛を与え、マゾヒストとしてその苦痛を快楽とする心的構造は、ボードレールの『悪の華』の有名な詩篇「ワガ身ヲ罰スル者」を想わせる。「おれは傷であって短刀だ！／平手打ちであって頰だ！／〔…〕犠牲者であって刑吏だ！／おれはわが心臓に喰いつく吸血鬼／——あの大いに見捨てられた者のひとりだ」という詩句である。興味ぶかいのは、ボードレールがこのサドマゾヒストの状況を詩人の、ひいてはすべての芸術家の宿命とみなしているように感じられることである。

プルースト自身もそう考えていたふしがある。鞭打たれるシャルリュスの快楽を目の当たりにした「私」は、「シャルリュス氏が小説家や詩人でないのは、なんと残念なことだろう！」(⑬三五四)と嘆く。もちろん語り手は、シャルリュスが「芸術においては一介のディレッタントにすぎず、ものを書こうと考えもしなければ、その才能を備えてもいなかった」(⑬三五五)と断っている。にもかかわらず「私」がシャルリュスに「小説家や詩人」たることを願うのは、サドマゾヒストたる「氏に目にするものを描いてもらおうという」猟奇趣味ゆえの関心ではなく、こんな理由からである。「シャルリュスのような人間が欲望と向きあうときに置かれる立場は、身辺にスキャンダルをひきおこし、人生を真剣に考えさせ快楽にも喜怒哀楽を込めさせて〔…〕たえずその身に苦痛の激動を生じさせるからだ。男爵が愛の告白をするとほぼそのたびに、監獄行きの危険こそ免れるにしても、公然と侮辱を受けるのだから」(⑬三五四-五五、傍点は引用者)。

プルーストは、このような「公然と侮辱を受ける」事態、「その身に苦痛の激動を生じさせる」状況こそ、「人生を真剣に考えさせ」るがゆえに「小説家や詩人」にとって必要不可欠なものと考えている。幸福な人は人生を想いわずらう必要はなく、「苦痛」こそが人間の心を揺りうごかす原動力だからである。この意味で、『消え去ったアルベルチーヌ』の冒頭、女中フランソワーズの告げる「アルベルチーヌさまはお発ちになりました!」という文言につづく「心理の探究において、苦痛はなんと心理学をもはるかに凌駕することだろう!」⑫二三という感慨は、プルースト自身の小説作法の表出のように感じられる。

プルーストは、芸術や小説の創作に必要不可欠なものは苦痛であるから、芸術家たる者はみずからに苦痛を与えることに歓びを見出すサドマゾヒストたらざるをえない、と考えていたのではなかろうか。特殊な性愛に見えるサドマゾヒズムは、『失われた時を求めて』の中心主題である文学創造と密接に結びついているのだ。その証拠に、プルーストは『見出された時』でこう言う、「芸術家とは、意地の悪い人間であるというよりも、むしろ不幸な人間なのだ。〔…〕侮辱を受けたことによる怨恨や捨てられた苦痛は、そんな目に遭わなければけっして知る機会のない秘境であり、その発見は、人間としてはどれほど辛いことであろうと、芸術家としては貴重なものになる」（⑬五〇三）。

『見出された時』の有名な文言、「作品は、掘抜き井戸のようなもので、苦痛が心を深く穿《うが》てば穿つほど、ますます高く湧きあがる」（⑬五一六）という命題も、このような文脈で理解すべきだろう。プルーストは、さらにこう付言している。「肉体にとって健康にいいのは、幸福だけ〔…〕である。しかし精神の力を強化してくれるのは悲嘆である。そもそも悲嘆は〔…〕習慣や懐疑や軽薄や無関心という雑草をひき抜いてわれわれを真実へとひき戻し、ものごとを真剣に考えるよう強いる」（⑬五一一−一二）。悲嘆によって揺りうごかされ、露わになった精神の真実、それを作品に刻みこむのが芸術家の役割だというのだ。

仏教の生老病死の教えを俟つまでもなく、どれほど幸福に見える人でさえ人生の悲嘆に見舞われる。『失われた時を求めて』に描かれたサドマゾヒズムの苦痛は、ヴァントゥイユ嬢やシャルリュス男爵など同性愛者の特殊な快楽というにとどまらず、本作の主要人物たちに見られる重要な振る舞いであり、それは本作の根本主題である文学創造に必要不可欠な基盤であることがわかる。

本章の冒頭で言及したプルースト十八番の回想や印象の美しさも、苦悩の闇が全篇を覆いつくしているからこそ、いっそう輝くのではなかろうか。瞑想へといざなうプルーストのつぎの

図22　エドゥアール・マネ『草上の昼食』

美しい一節を引用して、本章の結論としたい。

私は言おう、芸術の残酷な法則は、人間が死ぬことにあり、つまり、われわれ自身があらゆる苦しみを嘗《な》めつくして死ぬことによって、忘却の草ではなく、永遠の生命をやどす草、豊穣な作品という草が生い茂ることにあり、その草のうえには何世代もの人びとがやって来て、その下に眠る人たちのことなど気にもかけず、陽気に「草上の昼食」を楽しむだろう、と（⑭二八一、図22）。

第10章

「私」の文学創造への道

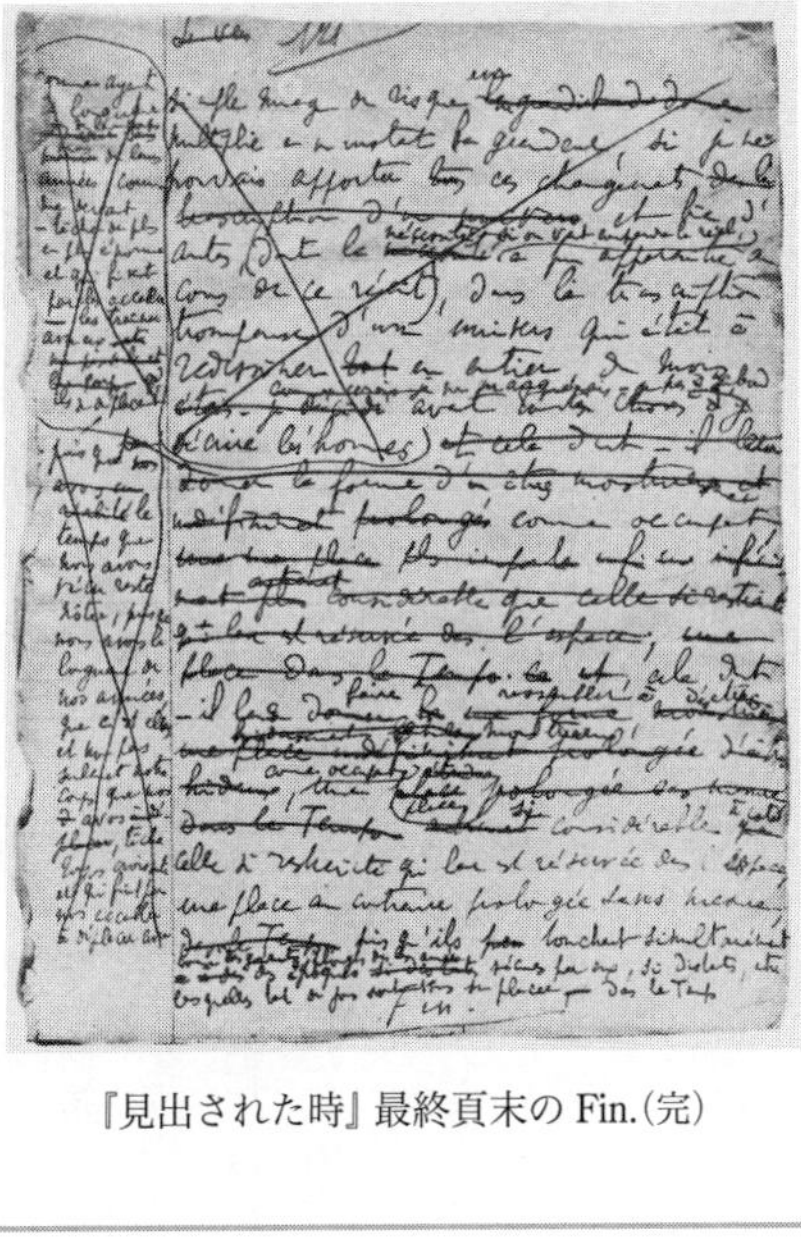

『見出された時』最終頁末の Fin.(完)

恋愛において辛酸を嘗《な》め、社交サロンの内実と変遷を観察し、ソドムとゴモラの諸相を見てきた「私」は、『見出された時』に至って、無意志的記憶と印象を基礎にすえた長い物語を書く決意をする。無意志的記憶と印象が、すべてを破壊する時の作用に抗って「永遠」を現出せしめるからである。したがって『失われた時を求めて』の結論とは、新たな文学の創造にほかならない。その「私」の道中では、さまざまな作中人物たちの言動や、架空の芸術家たちの作品が、文学と芸術のありかたに然るべき光を照射してくれる。

1　登場人物たちの愛する文学・芸術

文学や芸術は、鑑賞されてはじめて生命と意味を持ちうる。それゆえプルーストの長篇において文学と芸術は、ドレフュス事件や第一次大戦のような社会的大事件の場合以上に、登場人物たちの相異なる言説を通じて提示される。なにを枕頭の書とし、どのような芸術を愛するかは、その人となりを露わにする指標なのである。

祖母と母のセヴィニエ夫人

「私」の祖母と母は、優しい心根といい、豊かな文学的素養といい、同一人物と見紛うほど似ている。そもそもプルースト自身の母親をふたりに分割して生みだされた人物だからであろう。ふたりは共通の愛読書である十七世紀の『セヴィニエ夫人の手紙』を頻繁に引用する。これは両者の古典趣味をあらわすだけではない。セヴィニエ夫人が娘のグリニャン夫人に書きおくったこの書簡集をふたりが愛読するのは、そこに母と娘の愛情があふれているからにほかならない。作中の祖母と母は、その愛読書においても、けっして裏切られることのない純粋な肉親愛を体現しているのである。

ヴィルパリジ夫人と『サント゠ブーヴに反論する』

ゲルマント一族の社交界のなかでも「私」がはじめて足を踏み入れたヴィルパリジ夫人のサロンは、招待客が「三流の者ばかり」(⑥二一)とされる。「私」が招待されたのは、夫人が祖母の学友だったからである。夫人はいつも質素な「黒いウールのワンピースと流行遅れのボンネット」(④一〇〇)を身につけ、飾らない貴婦人として登場する。とはいえ祖母や「私」に示してくれる過分な親切の裏には、高慢な貴族の誇りと目下の者への蔑視が見え隠れする。

その高慢が顕著にあらわれるのは、回想録を執筆中の文人でもある夫人が、自分の父親と親交のあったシャトーブリヤン、ヴィニー、バルザック、ユゴーら十九世紀の大作家たちを、社交界に無知な礼儀知らずと切って捨てる箇所である(④一八六‐八九)。たとえば夫人は、「社交界には「受け容れられなかった」」バルザックが貴族社会について「無数のでたらめを書いている」と非難する(④一八九)。『サント＝ブーヴに反論する』では、バルザックの愛読者としてすでに同名の「ヴィルパリジ侯爵夫人」が登場し、社交界に入れてもらえなかったバルザックに「どうして社交界のことがわかる」のかと、同様の批判をしていた。同時代作家の人間性の欠陥を指摘して作品を貶めるのは、プルーストが批判したサント＝ブーヴの言説の特徴にほかならない。ヴィルパリジ夫人がくり広げる十九世紀作家にかんする論評には、プルーストのサント＝ブーヴ批判が投影されているのである。

公爵夫妻とヴェルデュラン夫人の対照的嗜好

パリ社交界の頂点に君臨するゲルマント公爵夫妻の場合、表向きの発言はべつにして、その芸術趣味は保守的なものである。公爵夫人が愛するのは「ゲルマントの才気」を体現する「メイヤックとアレヴィの芝居」(②三二四)であり、好んで引用するのはラ・フォンテーヌの寓話や(⑥八三)、ユゴーの中期までの詩篇である(⑦三二五–二七)。「おぞましいのは『諸世紀の伝説』とか〔…〕晩年のユゴー」(⑦三二五)だと言い募り、ゾラは「汚穢屋《おわいや》のホメロス」(⑦三三八)だと言って同時代の進歩派には背を向ける。

公爵は、そのことば遣いが「下層のプチ・ブルジョワ」並みだと語り手から酷評される(⑥一四四)。チョッキの仕立屋ジュピアンが「教養など皆無なのに、数冊の本をざっと読んだだけで言語のもっとも巧みな言いまわしを〔…〕身につけた」(⑤四七)と絶讃されるのとは対照的である。公爵が好む音楽は独創性の乏しい「オベールとか、ボイエルデューとか、ときにはベートーヴェンの古い曲」(⑦三一九)であり、当時の最先端の音楽であったワーグナーには「たちどころに眠りこんでしまう」(同上)。絵画では、いまや忘れられた「ヴィベールの小さな習作」(⑦三四五)を傑作だと主張し、作中の大画家エルスチールについては「その画があんなに低俗なのが不思議」(⑦三四七)だと、その画業を理解できない。

公爵夫妻と違って前衛芸術に理解を示すのは、ヴェルデュラン夫人である。夫人はヴァントゥイユのソナタに感激するあまり「ひどい鼻風邪と顔面神経痛」(②六〇)をしょいこんだと言い張って、一見、芸術の理解者を気取るだけの俗悪な女に見える。しかしいち早くバレエ・リユスのパリ公演を支援し(⑧三二〇−二二)、ヴァイオリン奏者モレルの才能を見出し、作曲家ヴァントゥイユと画家エルスチールの才能を世間に先駆けて発見した功績は、けっして過小評価すべきではなかろう。

ヴェルデュラン氏は、意地の悪い妻の意向をただ実行に移すだけの無能な人間に見える。しかし『見出された時』で引用されるゴンクールの擬似日記(プルーストによる文体模写)によれば、「「ルヴュ」誌の元批評家にして、ホイッスラーをめぐる一書の著者」(⑬六一)であったという。作家は文体模写の手法を駆使して、語り手の「私」が報告していない氏の知られざる美点を明らかにしたのである。

カンブルメール老侯爵夫人とその嫁

対照的な芸術趣味を露わにする点で興味ぶかいのは、カンブルメール老侯爵夫人と若夫人(ルグランダンの妹)である。「私」が二度目のバルベック滞在中に出会う老侯爵夫人はすでに「スワンの恋」にも登場しており、娘時代には、「いまや時代おくれ」となった「ショパンの音楽」の熱烈なファンであった(②三一九−二〇)。バルベックで老夫人は、ショパンが好きだという「私」を「ゲエエエジュッカ」(⑧四八七、傍点は原文)だと大げさに褒める。しかし語り手は、芸術的熱狂を示すときの夫人の「泡を吹くよだれ」(同上)を皮肉っぽく描写して、老婦人の嗜好が若き日の情熱の残滓《ざんし》にすぎないことを示唆する。

これにたいして若夫人のほうは、ショパンや古典派プッサンを嫌い、以前は「ワーグナーを崇拝」し(②三二〇)、今ではさらに新しいドビュッシーの『ペレアスとメリザンド』に心酔する(⑧四七六)。その嗜好は、モネ、ドガ、マネにも及び(⑧四六九-七〇)、賞讃の対象だけを見ればプルーストと同じ趣味に見えるかもしれない。しかしプルーストは「私」に、「ドガ氏はシャンティイのプッサンほど美しいものは知らないと断言していますよ」(⑧四七三)と若夫人への反論を言わせている。作家は、若夫人の現代芸術への心酔も、その上流社交界への憧れと同じく、持ち前のスノビスムのなせる業だと皮肉ったのである。

スワンとシャルリュスの偶像崇拝

社交人士たちの芸術への無理解や流行への追随がつぎつぎと暴かれるなかで、スワンとシャルリュスだけは芸術と文学を解する教養人として描かれる。とはいえ語り手は、スワンは「なにひとつ「生み出す」ことはなかった」(⑪二七)と指摘し、シャルリュスも前章で見たように「芸術においては一介のディレッタント」(⑬三五五)にすぎないと断言する。ふたりとも創造とは無縁な、プルーストのいう「芸術の独身者」(⑬四八二)として提示されているのだ。

このふたりは教養がありすぎるからか、プルーストが「ジョン・ラスキン」(一九〇〇)において批判した芸術上の偶像崇拝に陥る。スワンが好みのタイプでなかったオデットに惚れこんだのは、相手の風貌がボッティチェリの描く女性像とそっくりだと気づいたからであった。それ以外にもスワンは、自分の御者のレミをヴェネツィアの総督ロレダーノの胸像(図23)と瓜ふたつだと考え、ギルランダイヨの画(図24)を見ると友人の貴族「パランシー氏の鼻」を想いうかべる(②九四)。美の世界は芸術作品のなかに自立して存在するはずなのに、それを現実の人間に代替させるのは一種のフェティシズムであり、作者はこれを「偶像崇拝」として批判したのである。

図23　総督ロレダーノの胸像

シャルリュスの愛読書は、すでに見たように『幻滅』など、バルザックの小説である。その男爵が偶像崇拝的な芸術趣味を示すのは、アルベルチーヌの衣装に目をとめて「今夜のあなたの装いは、カディニャン大公妃の装いとそっくりですね」(⑨四五三)と指摘するときだ。ここでアルベルチーヌの衣装は、バルザックの『カディニャン大公妃の秘密』で大公妃が青年ダルテスに会ったときの「さまざまなグレー系の色を調和よく組み合わせて、いわば半喪服のような、まるで屈託のない服装」とそっくりに描かれている。プルーストは「ジョン・ラスキン」においてカディニャン大公妃が最初にダルテスに会った日のドレスと装い」を身近の女性に当てはめるロベール・ド・モンテスキウ伯爵の偶像崇拝を名指しで批判していた。作家はこの批判を、シャルリュスの芸術受容に当てはめたのである。

図24　ギルランダイヨ『老人と少年の肖像』

ただしプルースト自身も、ルーヴル美術館に出かけたとき前記ギルランダイヨの画を前にして、友人の「デュ・ロー氏と瓜ふたつだ！」と叫んだという（リュシアン・ドーデの回想）。プルーストは、多くの画家の作品図版を収録していた『ラスキン全集』やローランス版「大画家」シリーズを愛読していた。そこでボッティチェリをはじめ多数の図版を渉猟し、それを『失われた時を求めて』にちりばめたのは、スワンと同様のプルースト自身の芸術趣味にほかならない。作家は偶像崇拝について「芸術家が好んで陥る知的な罪」であると指摘し（「ジョン・ラスキン」）、自分が好んだ文体模写についても「すべては私にとって精神衛生上の問題でした。生来の偶像崇拝と模倣の悪癖を清算しなければならないのです」と語った（一九一九年八月のラモン・フェルナンデス宛て書簡）。プルーストは、偶像崇拝に陥るほどの熱烈な受容がなければ真の創造もないことを知り抜いていたのだろう。

「私」の文学論

小説家はこうして多様な人物に芸術や文学を語らせ、その受容を批判的に描いた。では「私」の文学観はどのように表現されているのだろう。少年の「私」が最初に接する文学は、ジョルジュ・サンドの『フランソワ・ル・シャンピ』である。祖母が誕生日のプレゼントに買ってくれ、眠られぬ夜に母親が読み聞かせてくれた本だ（①九六-一〇八）。ただしプルーストは、小説冒頭の草稿をはじめて友人に読ませたとき、「ぼくがジョルジュ・サンドを好きだと思わないでくれたまえ。これは文芸批評じゃないから、この時期はそうだということにしてある」と断っている(一九〇九年十二月のジョルジュ・ド・ローリス宛て書簡)。長い歳月を経た『見出された時』の一場面では、「私」がたまたま目にとめたこの本がコンブレー時代の「少年だった私」をよみがえらせてくれる(⑬四六六—六七)。

「私」は、社交人士たちの芸術談義を批判的に報告するだけで自説の開陳を差し控えるが、第五篇『囚われの女』に至って、同居するアルベルチーヌを相手に文学論を展開する(⑪四二一—四二二)。「私」が語るのは、バルベー・ドールヴィイの小説における「生理的紅潮」や「不安の感覚」をはじめ、トマス・ハーディの作品に見られる数々の「並行関係」、スタンダールの小説にあらわれる「高所の自覚」、さらにはドストエフスキーの小説につきものの「独創的で、謎めいた人物像」や「殺人」などである。採りあげられた具体例は多岐にわたるが、いずれの指摘をも貫いているのは、同じ作家の作品群のなかに共通して認められるモチーフをその作家の精髄として取り出す手法である。

作家の精髄なるものは、作曲家について言われる「ヴァントゥイユのさまざまな作品に認められる同一性」(⑪四二一)である。つまり「つねに同じ音調」で表現される「自身の精髄」(⑪一五〇)にほかならない。この方法は、作品のなかに作家の人生を読みとろうとするサント=ブーヴ流の批評にたいするプルーストの明確なアンチテーゼであり、一九六〇年代に一世を風靡した「テマティック批評」の先駆である。

文学をめぐる「私」とアルベルチーヌとの会話は、「私」が実際に恋人に語ったものにしては長大すぎるうえ、アルベルチーヌはたまに短い問いを発するだけで聞き役に徹している。これが小説として不自然に見えるのも当然で、この文学談義は、未定稿『サント゠ブーヴに反論する』においてプルースト自身が母親に語りかけた文学論の体裁を借用し、その評論執筆のために「カルネ1」にメモしていたバルベー・ドールヴィイやトマス・ハーディをめぐる考察を再利用したものであった（⑪注427、431）。ここで文学を論じる主人公「私」は、作家プルーストに百パーセント等しいと考えて差しつかえないのだ。

『見出された時』では、戦時下の男娼館でジュピアンが「私」の翻訳したラスキンの『胡麻と百合』のことをほのめかす（⑬三五八）。小説が結末へと進むにつれて文学を語る「私」がかぎりなく作家プルーストに近づくのは、大団円のゲルマント大公邸の書斎における「私」の大長篇執筆を準備するためにほかならない。そこで自作をめぐる文学論（⑬四三〇-五三七）を展開するのは、「私」と一体化したプルースト自身なのである。

2　三人の架空芸術家

「私」が歩むべき文学への道を指し示し、「私」に芸術のありかたを教えてくれるのは、さまざまな架空の大芸術家たちである。そのなかにはラシーヌの悲劇『フェードル』の主役を演じて、芝居とは感じさせない「透明」な演技(⑤一〇七)を「私」に啓示した女優ラ・ベルマも含まれる。ラ・ベルマは、芝居の原作をつくりだす創造者ではないが、いかなる戯曲からも「演技の傑作を創造する」天才的な舞台芸術家として、エルスチールの画業と並べて賞讃されている(⑤一一四)。

新たな芸術の創造者として本長篇に登場するのは、作家ベルゴット、作曲家ヴァントゥイユ、画家エルスチールという三人である。この三者は、それぞれ文学、音楽、絵画の分野を代表する巨匠として、芸術のあるべきすがたを教えてくれる。とはいえこの三人が芸術家として歩んだ人生には、あまり注目されていないが大きな違いがある。

対照的なヴァントゥイユとベルゴットの運命

三人のうち、ヴァントゥイユとベルゴットは、日常の自我と創作の自我とのあいだに深い乖離があることを明確に示す。コンブレーで出会うヴァントゥイユは、もともと「祖母の姉妹のピアノ教師」(①二五三)にすぎず、作曲しているといううわさはあるものの、この田舎の老人が独創的な「ソナタ」と「七重奏曲」の作者だとは認めにくい。第5章で検討したようにスワンは「天才が老いぼれのいとこってこともありえますから」(②七六)と笑いとばし、ソナタの作者とコンブレーの老人とが同一人物であることを信じようとしない。

作家ベルゴットの場合も、その落差は極端に誇張される。「私」は愛読する「壮大な作品の美しさ」から類推して作者を「もの憂げな老人」だと想像していたが、はじめて会ったその人は「カタツムリの殻の形をした赤い鼻と黒いヤギ髭をたくわえ」、「若くて粗野な、背が低くがっしりした近眼の男」だった(③二六七)。ふたりの芸術家における人と作品との乖離は、前述したようにプルーストが『サント゠ブーヴに反論する』のなかで提示したテーゼ、芸術を創作する自我は日常生活の自我とは根本的に異なるというテーゼを体現しているのである。

ただしふたりの作品が世に認められる時期には大きな違いがある。ヴァントゥイユの遺作の「七重奏曲」は、作曲家の死期を早めたことを後悔したヴァントゥイユ嬢の女友だちによって楽譜が解読され、ようやく小説の終盤『囚われの女』にて演奏される。この遺作のなかで作曲家は「自身の精髄」に到達し、その精髄を「つねに同じ音調」(⑪一五〇)であらわすに至る。ヴァントゥイユは、「書いた人が非凡で、似たような人がほとんど存在しない」「天才の作品」とされるベートーヴェン晩年の弦楽四重奏曲が「五十年の歳月をかけて〔その〕聴衆を生み出し」たように(③二二九)、死後にのみ栄光を授かる天才芸術家の宿命を象徴する。

それにたいして「コンブレー」で早くも人気作家だったベルゴットにおいて目立つのは、若くして栄光の絶頂に登りつめた作家の晩年の悲惨である。その晩年において強調されるのは、作家の無為にほかならない。「何年も前から家の外へ出なくなっていた」(⑩四〇七)ベルゴットは、医者から「体調不良の原因は、きわめて勤勉な仕事ぶりにある」と診断されるが、語り手は辛辣にも「じつは二十年前から仕事はなにもしていなかった」とつけ加える。医者たちが勧める「スリラー小説を読まないこと」についても、語り手は「じつはなにひとつ読んでいなかった」と指摘する(⑩四一二)。ベルゴットがフェルメールの『デルフトの眺望』を前にして息をひきとったあと、本屋のショーウインドーには「翼を広げた天使のように三冊」の本が「復活の象徴」のように飾られ(⑩四一九)、作家の死を超えて生き残る作品の栄光が讃えられるが、その作品は早くも忘却の淵に沈みかけていたのである。

エルスチールの人と作品

ヴァントゥイユが無名のまま「コンブレー」で世を去り、若くして人気作家となったベルゴットが無為な晩年をすごすのにたいして、画家エルスチールは「のちに逝去した〔…〕大画家」(⑪二一八)という言及はあるものの、全篇にわたって存在感を示す。「スワンの恋」で早くも無名の画家として顔を見せ、作中の最終場面であるゲルマント大公邸でのパーティーの時点でも、「時はラシェルをエルスチールと同時にスターに仕立てあげ」たことが指摘される(⑭二〇四)。

長い物語に一貫して存在するエルスチールの芸術と人生は、『サント゠ブーヴに反論する』における芸術家の自我の二元論では説明できない複雑な様相を呈する。というのもバルベック海岸に印象派の「高名な〔…〕画伯」(④三九九)として登場したエルスチールは、およそ芸術家には似合わぬ「背は高く、筋骨たくましい」(同上)男だからである。またプルーストは『サント゠ブーヴに反論する』において、「知性」を芸術の敵として批判したが、それとは矛盾するかのように画家は「例外的な教養に裏打ちされた知性の持主」(④四二七)なのだ。

エルスチールはその知性を駆使して、バルベック教会の彫刻群の宗教的意味を「私」に解説してくれる(④四二七–三四)。そのエルスチールのことばは、プルーストが愛読していたエミール・マールの専門書『十三世紀フランスの宗教美術』から数断章を抜粋して作成された。エルスチールの学究肌の「知性」は、ほかでもない、マールを熟読し、ラスキンの宗教美術論『アミアンの聖書』を仏訳して詳しい注解を付したプルースト自身の特徴だった。

エルスチールは、バルベック近郊の「半分は修復された」(⑨三六八)教会を「真新しくて嫌いだ」(⑩三七四)と断言する。これもプルーストと見解を一にする。小説家はヴィオレ＝ル＝デュックの『建築学事典』を愛読していたが、その過剰な教会修復を批判し(ちなみに二〇一九年に焼失したパリのノートルダム大聖堂の尖塔もヴィオレ＝ル＝デュックによる過剰な修復の産物)、こう書いていた。「ヴィオレ＝ル＝デュックが情熱ではなく学識をもって多くの教会を修復し、フランスを台なしにしたことは不幸というほかありません」(一九〇七年十月八日のストロース夫人宛て書簡)。

ところがエルスチールやプルーストの美学からすれば、美は対象のうちにあるのではないから、描かれた対象の新旧は問わないはずである。現に語り手は「偉大な画家エルスチールが、一枚の画ではなんの変哲もない校舎を、もう一枚ではそれ自体が傑作である大聖堂をモチーフに選びながら、優劣のつけがたい二点の画に仕上げる」ことを賞讃している(⑤一一四–一一五)。芸術家が描くべき対象を問わないことと、「客観的な建築物の価値のみをあがめるフェティシ

図25　ギュスターヴ・モロー『ケンタウロスに運ばれる亡き詩人』

ズム」(⑨三七〇)とは矛盾するはずである。修復された教会をめぐるエルスチールの矛盾した見解もまた、プルーストのそれを反映しているのだ。

　エルスチールの画とプルーストとの接点はほかにもある。ゲルマント公爵夫妻が所蔵する初期エルスチールの「神話を描いた数点の水彩画」(⑦一七八)の一点は、「山のなかを歩きまわって憔悴しきっていた」詩人をケンタウロスが「背負って送ってやる」すがたを描く(⑦一七九)。この一節は、プルーストが若書きの「ギュスターヴ・モローの神秘的世界についての覚書」の考察を踏まえ、モローの『ケンタウロスに運ばれる亡き詩人』(図25)から想を得て記したものである。また社交人士たちはエルスチールが十八世紀のシャルダンなど「自分たちのお気に入りの画家を賞讃するのに驚いていた」（⑦一七二）という一節もある。実際「エルスチールの水彩画」に描かれた「斜めに置かれた」ナイフや「丸く膨らんだ」ナプキンや「飲み残しのグラス」などの食卓の描写（④四八八）は、若きプルーストが「シャルダンとレンブラント」（一八九五年執筆）にて試みたシャルダンの『食器台』（図26）の転写文（画像をことばで言いあらわすエクフラシス）にほかならない。

図26　シャルダン『食器台』

エルスチールは、その画業がプルースト自身のさまざまな芸術上の課題への解答であるがゆえに、『失われた時を求めて』の全篇に遍在するのである。

絵画も音楽も文学の比喩

エルスチールの画業で最も詳しく紹介されるのは、架空のカルクチュイ港を描いた大作である(④四二〇-二三)。この大作の描写では、構図や色彩など画のスタイルを決定する要素がすっぽり欠落している。それにひきかえ目立つのは、「水夫たちが水のうえを激しく揺られながら」進んでゆくのは「暴れ馬に乗って駆けてゆくようだ」、「遊覧の一行が小舟に乗ってわいわいがやがやと港を出てゆくのは、田舎の軽二輪馬車《カリオル》に揺られている図である」(④四二二)などのように、海の光景を陸の光景へと変貌させる作家十八番のメタファーである。

これについて語り手は、エルスチールの「ひとつひとつの画の醍醐味は、詩でいうところのメタファーと同じでいわば描かれたものの変容」にあると説明している(④四一八-一九)。要するにプルーストによる絵画の描写は、画面の正確な転写を意図したものではなく、作家自身の文学ヴィジョンの表明と考えるべきだろう。

ヴァントゥイユの音楽の描写も、プルーストの文学的表現と考えられる。たとえば「七重奏曲」を演奏する楽器は、ヴァイオリンとピアノのほか、チェロとハープ(⑪一四二)、フルートとオーボエ(⑪一九六)などという変則的な編成である。おまけに「ヴァイオリンから出る音」が「異様なまでにかん高く、まるで金切り声のように聞こえた」(⑪一五二)という箇所をべつにして、楽音への言及がほとんどない。

むしろ際立つのは「深紅の色合い」(⑪一三八)などの絵画的形容であり、「曙《あけぼの》のごとく空をすっぽり不思議な希望で染めてゆく」(同上)といった文学的描写であり、ヴァントゥイユの「固有の音調」(⑪一五〇)という作曲家の独創性の強調である。「ヴァントゥイユのさまざまな作品に認められる同一性」(⑪四二二)を抽出する方法は、『サント＝ブーヴに反論する』から一貫するプルーストの批評方法にほかならない。ヴァントゥイユの音楽も、エルスチールの絵画と同様、プルーストの目指す文学の比喩なのである。

3 『失われた時を求めて』の照射するもの

プルーストの長篇は、主人公の「私」が懸案の作品にとりかかるところで幕を閉じる。「私」が書こうとする作品は、どのようなものになるのか。主人公は書くべき「文学作品の素材はことごとく私の過去の人生にあることを悟った」(⑬四九八)という。この「私の過去の人生」とは、本作に語られた「私」の過去以外に考えられない。

「私」はこの文学作品のために、無意志的記憶という「時間の秩序から抜けだした一瞬の時」(⑬四四四)を重視したいという。しかし無意志的記憶や印象など「時間の埒外《らちがい》にある真に充実した印象」だけでは「作品」を構成できないから、「人間や社会や国家がそこに浸され変化してゆく時間にかかわる真実」にも「重要な位置」を与えたい（⑭五一）と考える。さらに「写実主義を自称する芸術のうそ偽り」（⑬四六〇）には与せず、「現実が純粋に精神的な性格のものである」ことを確信させてくれる「夢の助けを蔑《ないがし》ろにしない」（⑬五三〇）とも言う。こうした抱負を語る「私」は、いまや作家プルーストその人である。「私」の目指す文学の素材と方法は、ほかでもない、『失われた時を求めて』のそれではないか。この結末が明確に示唆しているように、プルーストの長篇は、それが書かれるに至る遍歴譚であり、その成立の根拠を提示する小説の小説なのである。

この結論に至った読者は、今まで読んできた長篇がはたして結末に記された方法どおりに書かれたものであったかどうかを確かめるため、全体をもう一度読み返したい欲求に駆られる。プルーストの小説は結末が冒頭へと回帰させる円環構造をなしているのだ。とはいえ「私」が書くはずの作品は『失われた時を求めて』であると、両者を完全に同一視することには疑問の余地なしとしない。未来の作品は、素材といい方法といい、たしかに本長篇と酷似したものになるだろうが、その作はいまだ書かれておらず、死の脅威にさらされた「私」の不安な想いとともに、「完」の先の未来へ向けて宙づりにされているからである。

本書で検討したようにプルーストの長篇は、自然や人間や社会にかんする広範かつ斬新な認識を言いあらわし、他の追随を許さぬ表現力でもって独自の文学的成果を実現している。にもかかわらずプルーストが、結末において、書かれるべき「理想の作品」を蜃気楼のように浮かびあがらせたのは、恋愛にせよ、社交界にせよ、芸術にせよ、あらゆる夢とその幻滅を容赦なく描きだした作家が、理想はけっして実現しないことを知り抜いていたからだろう。

『失われた時を求めて』の結末において、「私」の生涯は文学の創造へと収斂する。それゆえプルーストの小説は、恋愛も社交も虚しく、文学のみが唯一の真正な現実であると主張しているように見える。そう受けとるのは間違いでなく、またそう信じる人が多いのは、文学の創造を神話たらしめようとした作家の壮大な賭が成功したことの証左である。

とはいえ『失われた時を求めて』を文学至上主義の宣言とみなし、恋愛や社交はただの虚妄として描かれていると考えるのは、当を得ない。作家にとって恋愛とは、他者とはなにかと自問することであり、社交とは、人間の言動と社会の変動の根拠を問うことにほかならない。主人公の「私」が体験した恋愛にせよ、見聞した社交人士たちの言動にせよ、祖母の病気や死にせよ、ドレフュス事件や第一次大戦にせよ、ソドムとゴモラの生態にせよ、すべてはその都度、冷静沈着な語り手と作家によって分析され、そうして紡ぎだされた文学が、人間の精神と社会の実態を解明する鍵となっているのである。

プルーストが身勝手な情けない主人公を設定し、その恋愛や社交や大事件にかんする見聞を通じてさまざまな人物の言動を描きだしてきたのは、人が気づかずに生きてきた人生と社会の真実を暴き、それを『失われた時を求めて』において可視化するためであった。『見出された時』において宣言された、「真の人生、ついに発見され解明された人生、それゆえ本当に生きたといえる唯一の人生、それが文学である」⑬四九〇という命題は、そう理解すべきだろう。

第一篇『スワン家のほうへ』上梓後の一九一四年二月、プルーストは編集者ジャック・リヴィエールに宛てて「私がただ想い出に身をゆだね、その想い出を生きた日々とダブらせるだけなら、なにも私のような病人がわざわざ書くまでもありません」と断ったうえで、「私は「真実」を求めて出発したのです」と主張した。ここにいう「真実」とは、「真の人生、ついに発見され解明された人生」の謂《いい》であろう。

「失われた時を求めて」の探求は、つまるところ「真実」の探求なのである。

あとがき

『失われた時を求めて』をはじめて読んだのは十九歳の夏休み、野原をわたる風の息吹や雨上がりの陽の光など、ことばの魔術のような自然描写に息を呑んだ。その一方で、複雑怪奇な人物の言動や心理の分析にはただ呆然とするほかなかった。それから約半世紀、研究者としてプルーストの創作の秘密を解明すべく、小説の草稿を解読したり絵画作品との接点を調べたりしてきた。本書では、そのような専門的な考証は排して、私がプルーストの小説のなにを核心と考えているか、その全体像を小説の文言に即して端的に示そうとした。

『失われた時を求めて』は、読破するのに骨の折れる大長篇だから、多くの人が手軽にその内容を知りたいと思うのは理解できる。あまたの概説書ができるだけ平明にプルーストの小説を紹介しようとする所以である。ところがこの長篇を書いたのは、真に独創的なものは「人を疲れさせ、真実味を欠く印象を与える」(③二七六)と断言し、「各自が明瞭な考えと呼んでいるのは、自分の考えと同じ程度に不明瞭な考えのことだ」(③二七五)と挑発する人間である。解説が平明だからといって原作まで明瞭になるわけではないのだ。

私自身、『失われた時を求めて』の複雑な記述に何度閉口したことだろう。いまだに充分理解できたとは言えない。とはいえ翻訳のために原文を隅々まで精読し、訳文においてその解釈を示し、詳しい訳注をつけたことで、理解は格段に深まったような気がする。岩波文庫版拙訳の各巻に「訳者あとがき」を付し、その巻のなにを重要と考え、そこにいかなる意義を見出しているかを記すよう努めたことで、それまで自分には縁遠いものとして取りあげるのを避けてきた本作の社交界、同性愛、ユダヤ問題などと向きあう機会が与えられた。翻訳を終えてからも、この大長篇を理解する鍵はサドマゾヒズムにあるのではないかと考えたりした。

プルーストにおける社交界、同性愛とユダヤ性、さらにサドマゾヒズムは、近年、私の関心の中心を占める。二〇二〇年の三月、「進行中の探究を教授する」ことを校是とするコレージュ・ド・フランスで講義の機会を与えられたときも、これらを軸にして『失われた時を求めて』の新たな読解を提示しようとした（パリにおける新型コロナウイルス蔓延のせいで講義は一回のみで中断したが、その全容を収録する小著がこのほど出版された。「主要文献案内」参照）。本書の第6、8、9章は、この講義の概要を記したものであることをお断りする。拙訳の「訳者あとがき」に記した見解を部分的に借用した箇所もある。この点、読者のご海容をお願いしたい。

私としては、『失われた時を求めて』の重要な主題のなかで最も困惑を覚えた諸点について解決策を見出そうと試みたが、それが成功しているかどうか、はなはだ心許ない。おおかたのご批判を仰ぐしだいである。このような小著では、もとより大作の全貌を語ることはできない。巻末の「主要文献案内」を参考に、多くの優れた読解に触れていただければ幸いである。

プルーストの小説の大きな魅力は、登場人物たちのじつに滑稽な言動にある。しかしこれは読者がみずから発見して楽しむ対象であろう。『失われた時を求めて』は、慌てずじっくり読み進めれば、じつに面白い小説である。本書をきっかけに少しでも多くの人がこの大長篇の醍醐味を堪能してくださることを願わずにはいられない。

最後になったが、企画から校正に至るまで、細やかな配慮でさまざまな疑問点を指摘し、筆者を励まして本書を完成へ導いてくださった新書編集部の上田麻里氏、今回も原稿の段階で多くのアドバイスを与えてくださった拙訳『失われた時を求めて』担当の清水愛理氏、このたびも綿密な作業をしてくださった校正・校閲の岡本哲也氏、このかたがたに深い感謝を捧げる。

二〇二一年五月

吉川一義

「私」の家はプルースト家1の辺りか？『ゲルマントのほう』以降は❻

❻ヴェルデュラン夫人3(大戦中)：マジェスティック・ホテル(⑬128)
❻ゲルマント公爵夫妻/ヴィルパリジ夫人：フォーブール・サン=トノレ通り？(⑥51)
❻ゲルマント大公夫妻1：ヴァレンヌ通り(⑨538)
❶ゲルマント大公夫妻2(大公妃は元ヴェルデュラン夫人)：ボワ・ド・ブーローニュ大通り(⑬410)
❶サン=トゥーヴェルト夫人：モンソー公園の近く(⑦556)

【主要登場人物の住まい】(Ⓐ〜Ⓙの位置はおおよその推定. 括弧内はその典拠となる岩波文庫版の巻数と頁数)

Ⓐスワン(結婚前)：オルレアン河岸(①50)
Ⓑオデット：ラ・ペルーズ通り(②87)
Ⓒスワン夫妻：ベリ通りより先(③423), 凱旋門の近く(③447)
Ⓓヴェルデュラン夫人1：モンタリヴェ通り(⑪31)
Ⓔヴェルデュラン夫人2：コンティ河岸(⑪31)

図版出典一覧

各章の扉

第 1 章(1 頁):André Maurois, *Le monde de Marcel Proust*, Hachette, 1960, p. 83.

第 2 章(29 頁):Cahier IX(n. a. f. 16716), f° 34 r°(© BnF).

第 3 章(51 頁):著者撮影(拙著『プルーストの世界を読む』155 頁, 図 15).

第 4 章(75 頁):*The Works of John Ruskin*, Library Edition, London, George Allen, t. XXIII, 1906, frontispice.

第 5 章(97 頁):Pascal Bonafoux, *Vermeer*, Chêne, 1992, p. 33.

第 6 章(117 頁):Patrick Offenstadt, *Jean Béraud 1849–1935. Catalogue raisonné*, Taschen, 1999, p. 180.

第 7 章(141 頁):Christophe Dutrône, *Feu sur Paris !*, Éditions Pierre de Taillac, 2012, p. 139.

第 8 章(163 頁):Georges Cattaui, *Marcel Proust. Documents iconographiques*, Genève, Pierre Cailler, 1956, pl. 5.

第 9 章(189 頁):André Blum, *Mantegna*, Laurens, « Les grands artistes », 1911, p. 25.

第 10 章(211 頁):*Univers de Proust*, *Le Point*, n° LV–LVI, 1959, p. 75.

本文内

図 1(3 頁):*Marcel Proust*, catalogue d'exposition, Bibliothèque Nationale, 1965, pl. II.

図 2(3 頁):*Ibid.*, pl. III.

図 3(3 頁):Georges Cattaui, *op. cit.*, pl. 14.

図 4(5 頁):André Maurois, *op. cit.*, p. 25.

図 5(6 頁):*Le monde de Proust. Photographies de Paul Nadar*, Éditions CNMHS, 1991, p. 25.

図 6(7 頁):Jérôme Picon, *Passion Proust. L'album d'une vie*, Textuel, 1999, p. 35.

図 7(7 頁):*Le monde de Proust. Photographies de Paul Nadar, op. cit.*, p. 91.
図 8(8 頁):André Maurois, *op. cit.*, p. 45.
図 9(9 頁):*Ibid.*, p. 22.
図 10(11 頁):*Univers de Proust, op. cit.*, p. 52–53.
図 11(12 頁):*Le monde de Proust. Photographies de Paul Nadar, op. cit.*, p. 51.
図 12(12 頁):*Marcel Proust and his time*, London, Wildenstein Gallery, 1955, n° 114.
図 13(13 頁):*Le monde de Proust. Photographies de Paul Nadar, op. cit.*, p. 41.
図 14(14 頁):*Ibid.*, p. 33.
図 15(28 頁):Georges Cattaui, *op. cit.*, pl. 168.
図 16(47 頁):André Maurois, *op. cit.*, p. 84.
図 17(131 頁):*Le Téléphone à la Belle Époque*, Bruxelles, Éditions Libro-Sciences SPRL, 1976, p. 114.
図 18(143 頁):Michel Drouin, *L'affaire Dreyfus*, Flammarion, 2e édition revue, 2006, pl. 2.
図 19(144 頁):*Ibid.*, pl. 45.
図 20(170 頁):Georges Cattaui, *op. cit.*, pl. 75.
図 21(170 頁):*Ibid.*, pl. 76.
図 22(209 頁):*Manet 1832–1883*, catalogue d'exposition au Grand Palais, RMN, 1983, p. 167.
図 23(218 頁):Pierre Gusman, *Venise*, Laurens, « Les villes d'art célèbres », 1902, p. 73.
図 24(219 頁):Henri Hauvette, *Ghirlandaio*, Plon, « Les maîtres de l'art », 1909, en face de la page 136.
図 25(228 頁):*Gustave Moreau 1826–1898*, catalogue d'exposition au Grand Palais, RMN, 1998, p. 228.
図 26(229 頁):*Chardin*, catalogue d'exposition au Grand Palais, RMN, 1999, p. 139.

主要文献案内

プルーストとその作品に関する近年の主要な文献，および本書で引用した文献のみを挙げる．図版を採取した写真集や展覧会カタログについては「図版出典一覧」参照．

『失われた時を求めて』

- Marcel Proust, *À la recherche du temps perdu*, édition établie sous la direction de Jean-Yves Tadié, « Bibliothèque de la Pléiade », Gallimard, 4 vol., 1987–1989.（ジャン＝イヴ・タディエ監修の校訂版．評論や研究の主たる典拠とされる）
- Marcel Proust, *À la recherche du temps perdu*, « Folio Classiques », Gallimard, 7 vol., 1988–1990.（上記刊本の付録資料や注などを簡略化した文庫版）
- Marcel Proust, *À la recherche du temps perdu*, édition établie sous la direction de Jean Milly, « GF », Flammarion, 10 vol., 1984–2009.（ジャン・ミイ監修の文庫版）
- 井上究一郎訳『失われた時を求めて』ちくま文庫，全10巻，1992–1993.
- 鈴木道彦訳『失われた時を求めて』集英社文庫，全13巻，2006–2007.
- 吉川一義訳『失われた時を求めて』岩波文庫，全14巻，2010–2019.

プルーストの他の著作

- *Jean Santeuil*, précédé de *Les Plaisirs et les jours*, « Bibliothèque de la Pléiade », Gallimard, 1971.
- *Contre Sainte-Beuve*, précédé de *Pastiches et mélanges* et suivi de *Essais et articles*, « Bibliothèque de la Pléiade », Gallimard, 1971.（上記2冊は『楽しみと日々』『ジャン・サントゥイユ』『サント＝ブーヴに反論する』，文体模写，評論などを収録）
- 岩崎力訳『楽しみと日々』，鈴木道彦・保苅瑞穂訳『ジャン・サントゥイユ』，『プルースト全集』筑摩書房，第11–13巻，

1984–1985.（岩崎力訳『楽しみと日々』は岩波文庫にも再録，2015）

- 岩崎力訳『ラスキン論集成』，平岡篤頼訳『ルモワーヌ事件』，出口裕弘・吉川一義訳『サント＝ブーヴに反論する』，『プルースト全集』筑摩書房，第 14 巻，1986.
- 粟津則雄・岩崎力・後藤辰男・鈴木道彦・保苅瑞穂・宮原信・若林真訳『文芸評論・その他』，『プルースト全集』筑摩書房，第 15 巻，1986.（『全集』第 14 巻収録以外の評論を収める）

プルーストの原稿・タイプ原稿・校正刷

『楽しみと日々』から『失われた時を求めて』へ至るプルーストの原稿・タイプ原稿・校正刷などはフランス国立図書館 Bibliothèque nationale de France（BnF）のサイト Gallica にて公開．つぎのサイト上の該当資料をクリックすれば簡単にアクセスできる（膨大な加筆訂正は，フランス語を読めなくても興味ぶかい）：http://www.item.ens.fr/fonds-proust-numerique/

- Marcel Proust, *Cahiers 1 à 75 de la Bibliothèque nationale de France*, sous la direction de Nathalie Mauriac Dyer, comité éditorial: Bernard Brun, Antoine Compagon, Pierre-Louis Rey, Kazuyoshi Yoshikawa, Bibliothèque nationale de France/Brepols, 2008–.（プルーストの 75 冊草稿帳の解読校訂版．現在まで 6 冊の草稿帳を各 2 分冊で刊行．日本人研究者も「カイエ 26」に湯沢英彦・和田章男，「カイエ 44」に村上祐二・和田恵里，「カイエ 53」に吉川一義，「カイエ 54」に中野知律，「カイエ 71」に黒川修司が参画）
- Akio Wada, *Index général des Cahiers de brouillon de Marcel Proust*, Graduate School of Letters, Osaka University, 2009.（和田章男編，75 冊草稿帳の固有名詞索引．つぎのサイトで閲覧できる：http://www.item.ens.fr/wp-content/uploads/2016/10/Index_Cahiers_Akio-Wada.pdf）
- Marcel Proust, *Le Carnet de 1908*, établi et présenté par Philip Kolb, « Cahiers Marcel Proust », n° 8, Gallimard, 1976.（メモ帳「カルネ 1」の校訂版．本書第 8 章に引用）

- Marcel Proust, *Carnets*, édition établie et présentée par Florence Callu et Antoine Compagnon, Gallimard, 2002.（メモ帳「カルネ 1」「カルネ 2」「カルネ 3」「カルネ 4」の校訂版）
- Marcel Proust, *Agenda 1906*, édition mise en ligne en 2015 par Nathalie Mauriac Dyer, Françoise Leriche, Pyra Wise et Guillaume Fau: https://books.openedition.org/editionsbnf/1466（「1906 年の手帖」の校訂版．本書第 8 章に引用）
- Marcel Proust, *Les soixante-quinze feuillets et autres manuscrits inédits*, édition établie par Nathalie Mauriac Dyer, préface de Jean-Yves Tadié, Gallimard, 2021.（「75 枚の草稿」等の校訂版．本書第 1 章で言及）
- Marcel Proust, *Du côté de chez Swann*, « Combray » et « Un amour de Swann », premières épreuves corrigées 1913, fac-similé, Gallimard, 2013 et 2016.（ジュネーヴのボドメール財団所蔵『スワン家のほうへ』初版校正刷．作家の膨大な加筆訂正を伝えるファクシミリ版）
- Marcel Proust, *Albertine disparue*, édition établie par Nathalie Mauriac et Étienne Wolff, Grasset, 1987．高遠弘美訳『消え去ったアルベルチーヌ』光文社古典新訳文庫，2008.（プルーストが最晩年に手を入れたタイプ原稿）

プルーストの書簡

- *Correspondance de Marcel Proust*, édition établie par Philip Kolb, 21 vol., Plon, 1970–1993.（本書における書簡引用の底本）
- *Index général de la Correspondance de Marcel Proust d'après l'édition de Philip Kolb*, établi sous la direction de Kazuyoshi Yoshikawa, Presses de l'Université de Kyoto, 1998.（日本プルースト研究会約 40 名の共同作業による上記書簡集の総合索引）
- 岩崎力・牛場暁夫・後藤辰男・佐々木涼子・鈴木道彦・徳田陽彦・保苅瑞穂・吉川一義・吉田城訳『書簡 I』『書簡 II』『書簡 III』，『プルースト全集』筑摩書房，第 16–18 巻，1989–1997.（上記書簡集の抄訳）

プルーストの伝記

- André Maurois, *À la recherche de Marcel Proust*, Hachette, 1949. 井上究一郎・平井啓之訳『プルーストを求めて』筑摩叢書, 1972.（高名な伝記作者による古典）
- George D. Painter, *Marcel Proust*, traduit de l'anglais par G. Cattaui et R.-P. Vial, Mercure de France, 2 vol., 1966. 岩崎力訳『マルセル・プルースト——伝記』上下, 筑摩書房, 1971–1972.（本書第2章に引用）
- Jean-Yves Tadié, *Marcel Proust. Biographie*, Gallimard, 1996 [« Folio », 2 vol., 1999]. 吉川一義訳『評伝プルースト』上下, 筑摩書房, 2001.（プレイヤッド版『失われた時を求めて』編者による最新の伝記）

専門誌

- *Bulletin Marcel Proust*, Société des amis de Marcel Proust et des amis de Combray, Illiers-Combray, 1950–.（プルースト友の会発行の年刊誌）
- *Bulletin d'Informations proustiennes*, Presses de l'École Normale Supérieure, 1975–.（近現代作家の草稿研究機関 ITEM 発行. 2020年までに50号刊行）

プルースト特集号・展覧会カタログ・プルースト事典

- 「総特集＝プルースト」,「ユリイカ」青土社, 1987.
- *Marcel Proust, l'écriture et les arts*, sous la direction de Jean-Yves Tadié, Gallimard/Bibliothèque nationale de France/RMN, 1999.（新フランス国立図書館開館記念の大規模展覧会カタログ）
- 「特集 プルースト」,「ユリイカ」青土社, 2001.
- フィリップ・ミシェル＝チリエ著, 保苅瑞穂監修, 湯沢英彦・中野知律・横山裕人訳『事典 プルースト博物館』筑摩書房, 2002.（訳者作成の独自資料を収録する充実の事典）
- *Dictionnaire Marcel Proust*, publié sous la direction d'Annick Bouillaguet et Brian G. Rogers, Champion, 2004[nouv. éd. 2014].（約40名の国際チームによる分担執筆）

• *D'après Proust, NRF*, n° 603–604, Gallimard, 2013.（『スワン家のほうへ』出版百周年特集号）
•「特集 時代の中のプルースト」,「思想」岩波書店, 2013.（同上）
• *L'Herne Proust*, sous la direction de Jean-Yves Tadié, Éditions de L'Herne, 2021.（プルースト生誕百五十周年記念特集号）

プルーストに関する著作・論文（主に日本人の著作, 日本語文献を掲げる）

•『プルースト研究／年譜』,『プルースト全集』別巻, 筑摩書房, 1999.（40 篇の証言と論文）
• 浅間哲平, *Proust et les amateurs*, Classiques Garnier, 2020.（芸術愛好家をめぐる論考）
• 阿部宏慈『プルースト 距離の詩学』平凡社, 1993.（カトレア・写真・距離に関する考察）
• 荒原邦博『プルースト, 美術批評と横断線』左右社, 2013.（絵画をめぐる考察）
• 石木隆治『マルセル・プルーストのオランダへの旅』青弓社, 1988.（著者の代表作）
• 井上究一郎『マルセル・プルーストの作品の構造』河出書房新社, 1962.（大先達の記念碑的著作）
——『井上究一郎文集 2（プルースト篇）』筑摩書房, 1999.（著者のプルースト論の集大成）
• 牛場暁夫『『失われた時を求めて』交響する小説』慶應義塾大学出版会, 2011.（著者の感性あふれる考察）
• 小黒昌文『プルースト 芸術と土地』名古屋大学出版会, 2009.（感性と考証による優れた考察）
• 鹿島茂『「失われた時を求めて」の完読を求めて——「スワン家の方へ」精読』PHP 研究所, 2019.
• 斉木眞一, *Paris dans le roman de Proust*, SEDES, 1996.（小説中のパリに関する総合的考察）
• 坂本浩也『プルーストの黙示録——『失われた時を求めて』と第一次世界大戦』慶應義塾大学出版会, 2015.（実証と洞察を兼ね備えた考察. 本書第 7 章に引用）

- 鈴木順二, *Le japonisme dans la vie et l'œuvre de Marcel Proust*, Keio University Press, Tokyo, 2003.(プルーストにおける日本趣味に関する実証的研究)
- 鈴木隆美, *La croyance proustienne. De l'illusion à la vérité littéraire*, Classiques Garnier, 2011.(「信じること」をめぐる興味ぶかい作品論)
- 鈴木道彦『プルーストを読む──『失われた時を求めて』の世界』集英社新書, 2002.

──『マルセル・プルーストの誕生』藤原書店, 2013.(著者のプルースト論の集大成)
- 津森圭一, *Proust et le paysage. Des écrits de jeunesse à la* Recherche du temps perdu, Champion, 2014.(プルーストと風景に関する総合的考察)
- 中野知律『プルーストと創造の時間』名古屋大学出版会, 2013.(小説執筆の主題と時代背景を独自に考察)

──『プルーストとの饗宴』水声社, 2020.(小説内の美食をめぐる総合的労作)
- 長谷川富子『モードに見るプルースト──『失われた時を求めて』を読む』青山社, 2002.(小説内のモードを考察. 図版多数)
- 原田武『プルーストと同性愛の世界』せりか書房, 1996.(本主題の総合的考察)

──『プルーストに愛された男』青山社, 1998.(アゴスチネリと小説について)
- 平光文乃, *Les chambres de la création dans l'œuvre de Marcel Proust*, Champion, 2019.(小説における「部屋」の美学に関する考察)
- 保苅瑞穂『プルースト・印象と隠喩』筑摩書房, 1982.(著者の代表作)

──『プルースト・夢の方法』筑摩書房, 1997.(作中の夢をめぐる考察)

──『プルースト 読書の喜び──私の好きな名場面』筑摩書房, 2010.(「私の好きな名場面」をめぐるエッセー)
- 真屋和子, *L'« art caché » ou le style de Proust*, Keio University

Press, Tokyo, 2001.
――『プルースト的絵画空間――ラスキンの美学の向こうに』水声社, 2011.(2著ともラスキン受容を軸とする絵画論)
• 武藤剛史『プルースト 瞬間と永遠』洋泉社, 1994.(無意志的記憶をめぐる考察)
• 村上祐二, « L'affaire Dreyfus dans l'œuvre de Proust », thèse soutenue à l'Université Paris-Sorbonne, 2012.(プルーストとドレフュス事件に関する博士論文. 本書第8章で言及)
――「1898」,「思想」特集「時代の中のプルースト」岩波書店, 2013.(本書第8章で言及)
• 湯沢英彦『プルースト的冒険――偶然・反復・倒錯』水声社, 2001.(独自の思弁的プルースト論)
• 吉川一義『プルーストの世界を読む』[2004], 岩波人文書セレクション, 2014.(「コンブレー」の読解)
――*Proust et l'art pictural*, préface de Jean-Yves Tadié, Champion, 2010.(『プルースト美術館』筑摩書房, 1998, および『プルーストと絵画』岩波書店, 2008を総合して1章を加えた仏語版)
――『対訳 フランス語で読む「失われた時を求めて」』白水社, 2021.(「スワンの恋」抜粋の対訳本. 本書第4章で言及)
――*Relire, repenser Proust. Leçons tirées d'une nouvelle traduction japonaise de la* Recherche, préface d'Antoine Compagnon, Éditions du Collège de France, 2021.(本書第6, 8, 9章に概要を収録.「あとがき」で言及)
• 吉田城『『失われた時を求めて』草稿研究』平凡社, 1993.(研究者としての代表作)
――『プルーストと身体――『失われた時を求めて』における病・性愛・飛翔』白水社, 2008.(著者の遺稿集)
• 和田章男, *La création romanesque de Proust: la genèse de « Combray »*, Champion, 2012.(「コンブレー」の生成過程を跡づける調査研究)
――『プルースト 受容と創造』大阪大学出版会, 2020.(文学・絵画・音楽受容について)

- Barthes, Roland, *Marcel Proust*, Seuil, 2020.（バルトのプルースト論集成．多数の自筆メモ収録）
- Basch, Sophie, *Rastaquarium. Marcel Proust et le « modern style »*, Brepols, 2014.（プルーストとモダン・スタイルに関する考察．多数の興味ぶかい図版を収録）
- Bloch-Dano, Evelyne, *Madame Proust*, Grasset, 2004.（プルーストの母親に関するエッセー）
- Compagnon, Antoine, *Proust entre deux siècles*, Seuil, 1989.（著者の代表的プルースト論集）

—— « Proust sioniste », articles mis en ligne sur le site du Collège de France, 2020: https://www.college-de-france.fr/site/antoine-compagnon/Episode-1-Ultima-verba.htm（本書第 8 章で言及）

—— « "Le long de la rue du Repos". Brouillon d'une lettre à Daniel Halévy（1908）», *Bulletin d'Informations proustiennes*, n° 50, 2020.（本書第 8 章で引用）

- Deleuze, Gilles, *Proust et les signes*［1976］, PUF, 2000. 宇野邦一訳『プルーストとシーニュ』法政大学出版局，2021.（ドゥルーズの独創的プルースト論）
- Duval, Sophie, *L'ironie proustienne. La vision stéréoscopique*, Champion, 2004.（プルーストのアイロニーに関する考察）
- Fernandez, Dominique, *Le rapt de Ganymède*, Grasset, 1989. 岩崎力訳『ガニュメデスの誘拐——同性愛文化の悲惨と栄光』ブロンズ新社，1992.（本書第 8 章に引用）
- Genette, Gérard, « Discours du récit », *Figures III*, Seuil, 1972. 花輪光・和泉涼一訳『物語のディスクール——方法論の試み』水声社，1985.（プルーストにおける語りの構造論の古典）
- Goujon, Francine, *Allusions littéraires et écriture cryptée dans l'œuvre de Proust*, Champion, 2020.（プルーストの作品に隠された引喩に関する考察）
- Henriet, Jean-Paul, *Proust et Cabourg*, Gallimard, 2020.（元カブール市長によるプルーストとカブールに関する最新調査．多数の珍しい写真を収録）
- Laget, Thierry, *Proust, prix Goncourt. Une émeute littéraire*,

Gallimard, 2019.（ゴンクール賞受賞の背景をめぐる調査・考察）

- Leblanc, Cécile, *Proust écrivain de la musique*, Brepols, 2017.（プルーストと音楽批評に関する総合的考察）
- Mauriac Dyer, Nathalie, *Proust inachevé: le dossier « Albertine disparue »*, Champion, 2005.（前記タイプ原稿を出版した著者によるプルースト最晩年の執筆に関する仮説）
- Milly, Jean, *Les pastiches de Proust*, Armand Colin, 1970.（プルーストの文体模写の総合的研究）

——*La phrase de Proust*, Larousse, 1975.（プルーストの長文の文体的分析）

- Nattiez, Jean-Jacques, *Proust musicien*［1984］, Christian Bourgeois, 1999. 斉木眞一訳『音楽家プルースト——『失われた時を求めて』に音楽を聴く』音楽之友社, 2001.（プルーストと音楽に関する代表的論考）
- Quémar, Claudine, « Sur deux versions anciennes des “côtés” de Combray », *Études proustiennes II*, Gallimard, 1975.（コンブレーの散歩道の生成過程をめぐる先駆的論考）
- Revenin, Régis, *Homosexualité et prostitution masculines à Paris. 1870–1918*, L'Harmattan, 2005.（男性同性愛と男娼売春に関する調査．本書第 8 章で引用）
- Richard, Jean-Pierre, *Proust et le monde sensible*, Seuil, 1974.（テマティック批評の傑作）
- Schneider, Michel, *Maman*, Gallimard, 1999. 吉田城訳『プルースト 母親殺し』白水社, 2001.（精神分析の手法による刺激的エッセー）
- Spitzer, Leo, « Le style de Marcel Proust », *Études de style*, Gallimard, 1970.（シュピッツァーの文体論の傑作）

『失われた時を求めて』年表

年代は概略の推定(作中にはこれと合致しない言及もある).④447 などは岩波文庫版の巻数と頁数.

太字の斜体で示したのは年代順に配置されていないセクション.年代特定の困難なつぎの2項目は不記載：

- マドレーヌ体験(①108–17)は,「最近」(①394)の,ただし「不眠の夜」以前のできごと.
- 「今年」「11月はじめ」のブーローニュの森散策(②504–19)は,第1篇刊行時の読者の視点に立てば1913年のこと.ただし描かれたモードは1908–10年頃のもの.

1872	画家エルスチール,ミス・サクリパン(オデットの前身)の肖像を描く(④447)
1880前後	***第1篇第2部「スワンの恋」***(②) スワンのオデットへの恋(「私の生まれる前」のできごと：①394) **ヴェルデュラン夫人のサロン**(モンタリヴェ通り：⑪31) • スワンの「愛の国歌」としてヴァントゥイユのソナタが演奏される(②85) • スワン,『ディアナの身づくろい』の競売(1876.5.4)へ言及(②365)

プルースト略年譜

本書で言及されたできごと，「『失われた時を求めて』年表」の記載事項に対応するできごとを中心に記載.

より詳しい記載は，岩波文庫『失われた時を求めて』第1巻巻末の「プルースト略年譜」参照.

1871	7月10日，マルセル・プルースト，パリのオートゥイユ地区，ラ・フォンテーヌ通り96番地(母方の大叔父ルイ・ヴェイユの家)に生まれる．父アドリアン(1834–1903)はイリエ(現在はイリエ＝コンブレー)の食料品店の息子で医学博士．母ジャンヌ(旧姓ヴェイユ)は裕福なユダヤ系株式仲買人の娘
1873 (2歳)	弟ロベール誕生(のちにパリ大学医学部外科教授) プルースト一家，マルゼルブ大通り9番地に転居(1900まで) 一家は，頻繁にオートゥイユに滞在．イリエの父方の伯母エリザベート・アミヨの家でも休暇をすごす(アミヨ伯母の家は，「レオニ叔母の家」と称するプルースト記念館，「プルースト友の会」本部となる)

	• メゾン・ドレからスワンに届いたオデットの手紙(パリ＝ムルシア祭典の日：1879. 12. 18)(② 102–03) • スワン，オデットがボッティチェリ描くチッポラにそっくりだと気づく(② 94) • コタール夫人，デュマ・フィスの戯曲『フランシヨン』(1887 初演)に言及(② 167) **サン＝トゥーヴェルト侯爵夫人のサロン**(モンソー公園近く：⑦ 556) • バザンとオリヤーヌはまだレ・ローム大公夫妻を名乗る(② 198)
1880 前後	「私」の誕生？
1891 前後	***第 1 篇第 1 部「コンブレー」***(①) 田舎町コンブレーですごした休暇(コンブレーは初版ではボース平野，再版以降はシャンパーニュ地方) **「コンブレー 一」**：お寝みのキス(① 44–108) • スワン夫妻は娘のジルベルトと近くのタンソンヴィルの別荘に滞在 • スワン，レオン大公妃の「仮装舞踏会」(1891. 5. 29)に言及(① 71)

1881 (10 歳)	春，ブーローニュの森の散歩の帰途，喘息の発作
1882 (11 歳)	フォンターヌ高等中学校(翌年コンドルセ高等中学校と改称)入学
1886 (15 歳)	ドリュモン『ユダヤ人のフランス』 コンドルセ高等中学校の 5 年次を再履修
1887 (16 歳)	シャンゼリゼ公園でマリ・ド・ベナルダキ(ジルベルトのモデル)らと遊ぶ
1888 (17 歳)	同人誌「ルヴュ・ヴェルト」,「ルヴュ・リラ」を創刊 売春宿でパニックに陥る ジャック・ビゼーとダニエル・アレヴィに恋文を送る ルイ大叔父の愛人ロール・エーマン(オデットのモデル)に「プラトニックな愛」を捧げる
1889 (18 歳)	ストロース夫人(ジョルジュ・ビゼー未亡人)宅でシャルル・アース(スワンのモデル)を知る アルマン・ド・カイヤヴェ夫人宅でアナトール・フランスに紹介される 文学のバカロレア取得 1 年間の兵役に志願，オルレアンの歩兵部隊に配属(身長 168 センチの記録).
1890 (19 歳)	パリ大学法学部および自由政治学院に登録

	「コンブレー 二」：よみがえったコンブレーの日々（① 119–394）
	•アドルフ大叔父宅でバラ色の婦人（実はオデット）に会う（① 176）
	•「私」の祖父はサン＝サーンスのオペラ『サムソンとデリラ』（1890 初演）を引用（① 208）
	スワン家のほう（メゼグリーズのほう）
	•ジルベルトとの最初の出会い（① 308）
	•モンジュヴァンにてヴァントゥイユ嬢と女友だちの同性愛を目撃（① 344–54）
	ゲルマントのほう
	•教会の結婚式におけるゲルマント公爵夫人（① 374）
	•マルタンヴィルの鐘塔を描写する（① 386–87）
1892 頃	**第 1 篇第 3 部「土地の名―名」**（②）
	土地の名をめぐる夢想
	シャンゼリゼ公園でのジルベルトとの交友
	スワン夫妻への憧れ
	•アカシア通りのオデット（② 494–504）（「わたしは 1892 年のアカシア通りよ」：⑭ 86）
1894～1896 頃	**第 2 篇第 1 部「スワン夫人をめぐって」**（③）
	ドレフュス事件はいまだ勃発していない（③ 203）
	スワン夫妻のブルジョワとの交際
	ラ・ベルマ演じる『フェードル』を鑑賞（③ 53–64）
	「私」の家でのノルポワ元大使との夕食
	スワン家での作家ベルゴットとの昼食
	ジルベルト（14, 15 歳：③ 118）への恋の顛末
	「明後日の皇帝ニコライのアンヴァリッド訪問」（1896. 10. 7）に言及（③ 258）
	春のブーローニュの森を散歩するスワン夫人（③ 446–56）

1892 (21歳)	同人誌「バンケ」を創刊 友人の画家ジャック＝エミール・ブランシュ，プルーストの肖像画を完成 反ユダヤ主義の新聞「リーブル・パロール」発刊(1924まで)
1893 (22歳)	マドレーヌ・ルメール夫人(ヴェルデュラン夫人のモデル)邸でロベール・ド・モンテスキウ伯爵(シャルリュス男爵のモデル)に紹介される ヴァグラム大公妃邸でグレフュール伯爵夫人(ゲルマント公爵夫人のモデル)を目撃
1894 (23歳)	5月，レーナルド・アーンと知り合い，2年間の恋愛関係がはじまる 10月，陸軍大尉アルフレッド・ドレフュス，スパイ容疑で逮捕(12月，軍法会議で有罪判決)
1895 (24歳)	3月，文学士号を取得 4月，オスカー・ワイルド，男色事件で逮捕，2年の獄中生活をおくる 同月，ドレフュス，南米ギアナ沖の悪魔島に流刑 6月，マザリーヌ図書館に無給司書の職をえるが，休職つづきで退職 9月，レーナルドとブルターニュ地方を旅行，ベグ＝メイユ海岸に滞在 長篇小説『ジャン・サントゥイユ』にとりかかる(1899頃まで．死後刊行) 11月，ルーヴル美術館でシャルダンを鑑賞，「シャルダンとレンブラント」を執筆

1897頃の夏	**第2篇第2部「土地の名―土地」**(④) 第1回のバルベック海岸滞在 (第1部の「2年後」(④25)，ジルベルトに無関心) ヴィルパリジ夫人，サン＝ルー侯爵，シャルリュス男爵との出会い 花咲く乙女たちのアルベルチーヌやアンドレと出会う 印象派画家エルスチールのアトリエを訪問，「カルクチュイの港」の画を鑑賞
1897頃の秋〜1898頃の春	**第3篇『ゲルマントのほう』の出だし**(⑤) ゲルマント家の館(フォーブール・サン＝トノレ通り？：⑥51)へ引っ越す(⑤24) オペラ座でラ・ベルマの『フェードル』を再鑑賞 街路で憧れのゲルマント公爵夫人をつけまわす 冬，駐屯地ドンシエールに将校サン＝ルーを訪ねる • 将校たちの会話でドレフュスの裁判(1898年2月？)が話題(⑤225–26) パリへ戻り，祖母の変わり果てたすがたを目撃 早春，サン＝ルーの恋人ラシェルを迎えにパリ郊外へ
1898頃の早春	**第3篇『ゲルマントのほう』のつづき**(⑥) **ヴィルパリジ夫人邸でのレセプション** • ブロックとノルポワ元大使のドレフュス事件談義 • ブロックは「ゾラ裁判」(1898年2月)を「何度も傍聴」(⑥139)．ノルポワはピカールの供述(1898. 2. 11)に言及(⑥154) •「のちのアンリの自白とそれにつづく自殺」(1898. 8. 30–31)への言及(⑥157) • サント＝ブーヴふうのヴィルパリジ夫人の作家評 シャルリュス，「私」の庇護者になりたいと提案 **祖母の病気と死**
1898頃の秋	**第3篇『ゲルマントのほう』の終盤**(⑦) 「9月も末」(⑦118)の「日曜日」(⑦21)，自室でアルベルチーヌと結ばれる ヴィルパリジ夫人邸でゲルマント公爵夫人から晩餐に招待される ステルマリア夫人から夕食への招待を断る手紙が届く 霧深い夜，サン＝ルーとレストランで夕食 翌日，**ゲルマント公爵夫妻邸での晩餐会**

1896 (25 歳)	6 月，文集『楽しみと日々』自費出版(アナトール・フランスの序文，マドレーヌ・ルメールの水彩画，レーナルド・アーンの楽譜つき) 8 月，ピカール中佐，ドレフュス有罪の証拠「明細書」の筆跡がエステラジー少佐のものと報告するが，ボワデッフル将軍に握りつぶされる 10 月，ロシア皇帝ニコライ二世のフランス訪問
1897 (26 歳)	2 月，リュシアン・ドーデとの関係を誹謗され，ムードンの森で作家ジャン・ロランと決闘
1898 (27 歳)	1 月，ドレフュス事件をめぐる知識人の請願書に署名 • エステラジーは軍法会議で無罪，ピカールは告発されて後に退役 • ゾラ，「われ弾劾す」を発表 2 月，ゾラ裁判を傍聴 4 月，画家ギュスターヴ・モロー死去，「ギュスターヴ・モローの神秘的世界についての覚書」を執筆(1899 頃) 8 月，ドレフュス有罪を証明するアンリ中佐の文書は偽造と判明．31 日，アンリ自殺 10 月，アムステルダムでレンブラント展を鑑賞，「レンブラント」執筆(1898–1900 頃).

	その夜，シャルリュス邸を訪問 「およそ2ヵ月後」(同年11月頃：⑦492)，ゲルマント大公妃邸での夜会への招待状が届く(⑦492) ***招待日の午後，シャルリュスとジュピアンの同性愛を盗み聞く(「ソドムとゴモラ 一」)***(⑧) 夕刻，ゲルマント公爵夫妻を訪問 •居合わせたスワン，不治の病を告白 ***「ソドムとゴモラ 二」第1章***(⑧)： **ゲルマント大公妃邸での夜会**(パリ左岸，ヴァレンヌ通り：⑨538) •大公はスワンにドレフュス支持を打ち明ける •ブロック，「ピカールのための請願リスト」(1898.11.27)に言及(⑧258) その夜，アルベルチーヌの来訪 この頃オデットが社交界に台頭，ジルベルトは莫大な遺産を相続
1899頃の春～夏	**第4篇『ソドムとゴモラ』の後半**(⑧⑨) 第2回のバルベック海岸滞在 •「私」の心によみがえる祖母(「心の間歇」) •「春の一日」(⑧406)における満開のリンゴの花 アルベルチーヌとの親密な関係と同性愛疑惑(コタール，アルベルチーヌの「快楽の絶頂」を指摘) 近郊のラ・ラスプリエール(ヴェルデュラン夫妻の別荘)での晩餐会 •カンブルメール夫妻，モレルとシャルリュスが登場 アルベルチーヌとの「恋人同士の生活」(⑨371) ヴァントゥイユ嬢の女友だちとの親交を知り，アルベルチーヌを急遽パリへ連れ帰る
1899頃の秋～1900頃の春	**第5篇『囚われの女』**(⑩⑪) 「9月15日」(⑪460)パリに戻り，アルベルチーヌを自宅に住まわせる 恋人への疑念・嫉妬は鎮静化するが，やがて再燃 ベルゴットの死，スワンの死 **ヴェルデュラン夫妻邸での夜会**(コンティ河岸⑪31)：「2月」(⑩389)の「日曜日」(⑩351)のこと •ヴァントゥイユの遺作「七重奏曲」が演奏される •サロンから放逐されるシャルリュス 「5月」(⑪509)，アルベルチーヌが失踪

	11月，ジュルランデン将軍，収監中のピカールを軍法会議にかける命令を下す．27日，ピカールのための請願書発表(プルーストも署名) 12月，ピカール，破毀院に管轄裁定(⑪ 110)を求める
1899 (28歳)	3月，破毀院がピカール勝訴の裁定 9月9日，再審でドレフュスは再び有罪．19日，ルーベ大統領により特赦
1900 (29歳)	1月，ジョン・ラスキン死去，一連の追悼文を書く 5月，母親とヴェネツィアに滞在，パドヴァも訪れる 10月，ヴェネツィアを再訪，一家はクールセル通り45番地に転居(1906まで)

1900 頃の春〜06 頃の春	**第 6 篇『消え去ったアルベルチーヌ』**(⑫) サン = ルーを叔母のボンタン夫人のもとへ派遣 ボンタン夫人からアルベルチーヌの落馬事故死の報 • 恋人とすごした日々がありありとよみがえる 生前のアルベルチーヌの素行調査にエメを派遣 「万聖節のよく晴れた日曜日」(⑫ 312)，ブーローニュの森を散策，ジルベルトに再会(忘却の第 1 段階) オデットはフォルシュヴィルと再婚，ジルベルトはフォルシュヴィル嬢となる 「6 ヵ月後」(⑫ 394)，アンドレがアルベルチーヌとの関係を告白(忘却の第 2 段階) 春のヴェネツィア滞在(忘却の第 3 段階) • ノルポワ元大使，ヴィルパリジ夫人との会話で，ソンニーノ内閣の辞職(1906 年 5 月)やアルヘシラス会議(同年 1–4 月)に触れる(⑫ 486–87) サン = ルーとジルベルト，カンブルメール若侯爵とジュピアンの娘，2 組の結婚通知が届く その後，サン = ルーの同性愛が判明
1900 年代後半	**第 7 篇『見出された時』のタンソンヴィル滞在**(⑬) タンソンヴィル(故スワンの別荘)にサン = ルー夫人ジルベルトを訪ねる • さまざまに明かされるコンブレー時代の真実 • 出発前夜に読んだゴンクールの擬似日記
その後 1925 頃まで	**「パリから遠く離れた療養所」生活**(⑬ 102, 404) ***この時期が小説冒頭「不眠の夜」に相当か？***(① 25–36, 108, 394–96, ② 425)

1902 (31歳)	10月，ベルギー，オランダに旅行，フェルメール『デルフトの眺望』などを鑑賞
1903 (32歳)	『ラスキン全集』(ライブラリー・エディション)刊行開始(全39巻完結は1912) 11月，父アドリアン死去
1904 (33歳)	2月，ラスキン『アミアンの聖書』の翻訳を刊行
1905 (34歳)	9月，母ジャンヌ死去，悲嘆に暮れる 12月，パリ郊外の療養所に入院(翌年1月末まで)
1906 (35歳)	5月，ラスキン『胡麻と百合』の翻訳を刊行 7月，ドレフュスの無罪判決 12月，オスマン大通り102番地のアパルトマンに転居(1919まで)
1907 (36歳)	3月，ボワーニュ夫人の『回想録』の書評を発表(小説中の電話の「交換嬢」に再利用) 8–9月，ノルマンディー海岸カブールのグランドホテルに滞在(1914まで毎年夏をすごす)，アルフレッド・アゴスチネリ運転の車で近隣を見てまわる 11月，「自動車旅行の印象」(マルタンヴィルの鐘塔の描写の原型)を発表
1908 (37歳)	前年秋から，「75枚の草稿」(『失われた時を求めて』の原型)を執筆(本年秋まで) 2–3月，ダイヤモンド偽造のルモワーヌ事件を素材にした19世紀作家の文体模写を発表 5月，オイレンブルク(ドイツ皇帝の側近)，同性愛事件をめぐる偽証罪で逮捕 11月頃，物語体評論『サント＝ブーヴに反論する』を書きはじめる
1909 (38歳)	ジッドら「NRF」誌創刊，バレエ・リュスのパリ初演 『サント＝ブーヴに反論する』が次第に増大 8月，メルキュール・ド・フランスにその出版を打診 同評論は次第に『失われた時を求めて』へと転化

第一次大戦下のパリ
療養所から，1914 年と 1916 年の 2 度，パリに戻る

1914 年のパリ（⑬ 134–76）
• サン＝ルーとブロックの戦争への態度
• 9 月，ジルベルトから来信，「タウベの空襲に肝をつぶし」，「小さな娘」を連れてのタンソンヴィル行きを語る（⑬ 167）

1910 (39 歳)	9 月，オスマン大通りのアパルトマンの寝室に防音コルクを張らせる
1911 (40 歳)	電話線中継の「テアトロフォン」でドビュッシーのオペラ『ペレアスとメリザンド』を聴く
1912 (41 歳)	3–4 月，小説が 800 から 900 頁になると友人たちに知らせる 6 月以降,「フィガロ」紙に小説の抜粋を発表 10–12 月，小説のタイプ原稿(712 頁)を複数の出版社に送るが出版を断られる
1913 (42 歳)	2 月，カペー四重奏団の演奏でベートーヴェン晩年の弦楽四重奏曲を聴く 3 月，ベルナール・グラッセと自費出版契約を結ぶ 5 月，アルフレッド・アゴスチネリを運転士兼秘書として雇う 夏，アゴスチネリとカブールに出発するが，急遽，汽車でパリに戻る 11 月，グラッセから『スワン家のほうへ』自費出版 12 月，アゴスチネリが突然モナコに出奔，べつの秘書を派遣し連れ戻そうとする
1914 (43 歳)	1 月，ジッドから NRF の出版拒否を謝罪する手紙が届く セレスト・アルバレが家政婦となる(プルーストの死まで) 5 月，アゴスチネリ，飛行訓練中に南仏アンチーブ沖で墜落死 アルベルチーヌ関係の挿話を中心に小説の大改編にとりかかる 8 月，第一次大戦勃発，弟ロベールは軍医として従軍 8 月末–9 月，ドイツ軍機タウベによるパリ空襲，ランス大聖堂の炎上

1916年のパリ(⑬ 103–34, 176–399)
• ヴェルデュラン夫人，マジェスティック・ホテル(⑬ 128)でサロンを開く
• 同夫人の「ルシタニア号の難破」(1915. 5. 7)への反応(⑬ 221)
• ジルベルトから来信，「8ヵ月以上」つづいた「メゼグリーズの戦い」(ヴェルダンの戦いを暗示)を語る(⑬ 178–79)
• サン＝ルーの語る戦争，「ツェッペリンによる空襲」(1916. 1. 29–30)も暗示(⑬ 182)
• シャルリュスの語る戦争，ランス大聖堂の爆撃(1914. 9. 19)も暗示(⑬ 270)
• ジュピアンの男娼館にて鞭打たれるシャルリュス
ロベールの戦死

戦争末期と戦後における社会の変貌(⑬ 399–404)

	12月，友人ベルトラン・フェヌロン(サン＝ルーのモデル)が戦死
1915 (44歳)	5月，友人ロベール・デュミエールが戦死 8月，兵役免除のため軍医による診察を受ける
1916 (45歳)	1月末，ドイツ軍飛行船ツェッペリンによるパリ空襲 2月，ジッドが来訪，『失われた時を求めて』続篇のNRFからの出版を提案 4月，プーレ四重奏団を自宅に招き，ベートーヴェンとフランクの曲を演奏させる ヴェルダンの戦い(2–12月)，ソンムの戦い(7–11月) この頃，『見出された時』に大戦の描写を導入
1917 (46歳)	7月，リッツ・ホテルで夕食後，空襲警報に遭遇 秋，NRF版『スワン家のほうへ』と『花咲く乙女たちのかげに』の校正刷を受領，小説中のコンブレーをボース平野からシャンパーニュ地方へ移す
1918 (47歳)	1月，家具を寄付した同性愛者用の娼家マリニー館(アルカード通り)で訊問を受ける 1月，3月，ドイツ軍によるパリ砲撃 4月，ラクルテル宛て献辞で，作中の教会，ソナタ，登場人物などのモデルを説明
1919 (48歳)	5月，オスマン大通りのアパルトマン売却に伴い，ローラン＝ピシャ通り8番地の2に転居 6月，NRFから『花咲く乙女たちのかげに』初版，『スワン家のほうへ』再版を刊行 10月，アムラン通り44番地に転居(死去まで暮らす) 12月，『花咲く乙女たちのかげに』にゴンクール賞
1920 (49歳)	1月，「NRF」誌に「フロベールの「文体」について」 7月，50部限定豪華版『花咲く乙女たちのかげに』，加筆校正刷を添付して発売 10月，『ゲルマントのほう 一』刊行

	「私」の療養生活の終わり
1925頃	**ゲルマント大公邸における午後の会**(⑬⑭) ゲルマント大公妃とラ・ベルマから招待状が届く 大公邸(ボワ・ド・ブーローニュ大通り：⑬410)への道中で出会った落魄のシャルリュス 大公邸の中庭と書斎で一連の無意志的記憶を体験 •「私の過去の人生」(⑬498)を素材に文学作品をつくる決意 大公邸での午後のパーティー(⑭) •変わり果てた参会者たちを前に「私」は老いを自覚 •ゲルマント大公妃は，大公と再婚した元ヴェルデュラン夫人．オデットはゲルマント公爵の愛人 •詩句を朗唱するラシェル(⑭196) 同時に開催されたラ・ベルマ主催のおやつの会 •「16歳ぐらい」(⑭266)のサン＝ルー嬢 •「私」が書くべき書物

1921 (50歳)	5月，『ゲルマントのほう 二，ソドムとゴモラ 一』刊行 同月，ジッド，『コリドン』私家版を持って来訪，ふたりで同性愛談義 同月，「オランダ派絵画展」で『デルフトの眺望』を鑑賞，小説にベルゴットの死を加筆 6月，「NRF」誌に「ボードレールについて」
1922 (51歳)	4月，『ソドムとゴモラ 二』刊行 5月，ストラヴィンスキーのバレエ『キツネ』初演後，作曲家，友人のシフ夫妻，ピカソ，ジョイスらとマジェスティック・ホテルで会食 秋，『囚われの女』と『消え去ったアルベルチーヌ』のタイプ原稿に手を入れる 10月，気管支炎から肺炎を併発 11月18日，プルーストの死．エルーらが死に顔をスケッチ，マン・レイが写真に撮る．22日，ペール＝ラシェーズ墓地に埋葬
1923	『囚われの女』刊行
1925	『消え去ったアルベルチーヌ』刊行
1927	『見出された時』および『時評集』刊行
1952	ベルナール・ド・ファロワ，プルーストの生前未刊の『ジャン・サントゥイユ』を出版
1954	ファロワ，プルーストの生前未刊の『サント＝ブーヴに反論する』を出版

吉川一義

1948年，大阪市生まれ．東京大学大学院博士課程満期退学．
パリ・ソルボンヌ大学博士．京都大学名誉教授．
著書―『プルースト美術館』(筑摩書房)
『プルーストの世界を読む』(岩波書店)
『プルーストと絵画』(同上)
Proust et l'art pictural (Champion，バルベック＝カブール・プルースト文学サークル文学賞，日本学士院賞・恩賜賞)
『対訳 フランス語で読む「失われた時を求めて」』(白水社)
Relire, repenser Proust (Éditions du Collège de France)
共編著―*Index général de la Correspondance de Marcel Proust* (京都大学学術出版会)
『ディコ仏和辞典』(白水社)
翻訳―バレス『グレコ――トレドの秘密』(筑摩書房)
タディエ『評伝プルースト』(筑摩書房)
プルースト『失われた時を求めて』(岩波文庫，日仏翻訳文学賞特別賞) ほか

『失われた時を求めて』への招待　岩波新書(新赤版)1884

2021年6月18日　第1刷発行
2024年4月 5 日　第2刷発行

著　者　吉川一義《よしかわかずよし》

発行者　坂本政謙

発行所　株式会社 岩波書店
〒101-8002 東京都千代田区一ツ橋 2-5-5
案内 03-5210-4000　営業部 03-5210-4111
https://www.iwanami.co.jp/

新書編集部 03-5210-4054
https://www.iwanami.co.jp/sin/

印刷・理想社　カバー・半七印刷　製本・中永製本

ISBN 978-4-00-431884-2　Printed in Japan

岩波新書新赤版一〇〇〇点に際して

ひとつの時代が終わったと言われて久しい。だが、その先にいかなる時代を展望するのか、私たちはその輪郭すら描きえていない。二〇世紀から持ち越した課題の多くは、未だ解決の緒を見つけることのできないままであり、二一世紀が新たに招きよせた問題も少なくない。グローバル資本主義の浸透、憎悪の連鎖、暴力の応酬――世界は混沌として深い不安の只中にある。

現代社会においては変化が常態となり、速さと新しさに絶対的な価値が与えられた。消費社会の深化と情報技術の革命は、種々の境界を無くし、人々の生活やコミュニケーションの様式を根底から変容させてきた。ライフスタイルは多様化し、一面では個人の生き方をそれぞれが選びとる時代が始まっている。同時に、新たな格差が生まれ、様々な次元での亀裂や分断が深まっている。社会や歴史に対する意識が揺らぎ、普遍的な理念に対する根本的な懐疑や、現実を変えることへの無力感がひそかに根を張りつつある。そして生きることに誰もが困難を覚える時代が到来している。

しかし、日常生活のそれぞれの場で、自由と民主主義を獲得し実践することを通じて、私たち自身がそうした閉塞を乗り超え、希望の時代の幕開けを告げてゆくことは不可能ではあるまい。そのために、いま求められていること――それは、個と個の間で開かれた対話を積み重ねながら、人間らしく生きることの条件について一人ひとりが粘り強く思考することではないか。その営みの糧となるものが、教養に外ならないと私たちは考える。歴史とは何か、よく生きるとはいかなることか、世界そして人間はどこへ向かうべきなのか――こうした根源的な問いとの格闘が、文化と知の厚みを作り出し、個人と社会を支える基盤としての教養となった。まさにそのような教養への道案内こそ、岩波新書が創刊以来、追求してきたことである。

岩波新書は、日中戦争下の一九三八年一一月に赤版として創刊された。創刊の辞は、道義の精神に則らない日本の行動を憂慮し、批判的精神と良心的行動の欠如を戒めつつ、現代人の現代的教養を刊行の目的とする、と謳っている。以後、青版、黄版、新赤版と装いを改めながら、合計二五〇〇点余りを世に問うてきた。そして、いままた新赤版が一〇〇〇点を迎えたのを機に、人間の理性と良心への信頼を再確認し、それに裏打ちされた文化を培っていく決意を込めて、新しい装丁のもとに再出発したいと思う。一冊一冊から吹き出す新風が一人でも多くの読者の許に届くこと、そして希望ある時代への想像力を豊かにかき立てることを切に願う。

（二〇〇六年四月）